Patricia MUG

*Sous les Tabliers,
battent des Cœurs simples
et généreux…*

© 2021, Patricia Mug
Édition : BoD – Books on Demand,
12/14 rond-point des Champs-Élysées, 75008 Paris
Impression : BoD - Books on Demand,
Norderstedt, Allemagne
ISBN : 9782322377039
Dépôt légal : Juillet 2021

Pour ma famille que j'aime et pour mes parents,

Pour toutes celles et ceux dont le cœur bat sous un tablier...

Voilà maintenant plusieurs mois que je suis revenue du Cantal où j'ai passé plus de vingt ans, loin de ma famille et surtout de mon père.

J'étais partie rejoindre Pierre, un jeune agriculteur que j'avais rencontré lors d'un voyage avec quelques amis. Entre nous les choses étaient allées très vite, si vite que j'ai abandonné mes études de lettres, au grand dam de mes parents, pour le retrouver dans sa ferme. Ma mère a bien réalisé que j'étais amoureuse et, que je tenais trop à cet homme pour revenir à la maison, elle a compris que ce n'était pas une amourette de jeunesse. Papa, lui, ne m'a jamais pardonnée. Pendant vingt ans, il nous a ignorés, Pierre et moi. Et puis, mon compagnon est brutalement décédé. Je me suis retrouvée seule, sans argent et sans toit, puisque les parents de Pierre ont repris la ferme en me priant de quitter les lieux.

Nous n'étions pas mariés, nous n'avions pas eu d'enfants, je n'avais aucun droit sur la maison et sur les terres où, pourtant, j'avais travaillé sans compter ma peine ni mes heures. Alors, je suis retournée d'où je venais, en Normandie, dans la demeure de mon enfance. J'espérais que j'y serais bien accueillie, qu'on m'aiderait à surmonter mon chagrin, même si j'appréhendais un peu ce retour. Ma mère nous avait quittés après une longue maladie, elle ne serait pas là pour panser mes plaies. Le dialogue avec mon père était rompu depuis tant d'années, allait-il m'aider à reprendre goût à la vie ?

J'ai essayé. J'ai tout fait pour qu'il me pardonne, qu'il pose un regard de tendresse sur moi, sa fille. Certes, je n'attendais pas d'être traitée comme l'enfant prodigue, mais, une fois de plus, j'ai dû partir. Et même là, j'ai tout tenté pour qu'on renoue le lien, qu'on retrouve une complicité et une harmonie familiale.

Mon père est un homme au caractère bien trempé, il est difficile à atteindre et la tâche s'avérait difficile. Mais j'ai de la ressource, et je connaissais son goût pour les bonnes histoires, aussi, j'espérais qu'avec le temps, j'arriverais à l'amadouer...

Résidence des Glycines
Venville
le 13 février

Cher Papa,

Voilà plus de trois semaines que je me suis installée à Venville, trois semaines où j'ai pris le temps de réfléchir à notre dernière conversation. Nous nous sommes quittés froidement et, même si je ne regrette pas mon départ, je déplore cette nouvelle brouille entre nous.

Je sais que ta vie n'est pas facile, surtout depuis le décès de Maman, après sa longue maladie. Toi-même, tu n'es pas très vaillant après ta dernière attaque cardiaque. Durant de nombreuses années, tu as dirigé une grande entreprise, tenu entre tes mains le destin d'ouvriers et d'employés, parfois même des pères et leurs fils, et voilà que tu te retrouves contraint à l'immobilité sous la surveillance d'une infirmière aussi bourrue que dévouée. Tes journées autrefois si remplies, se limitent à lire le journal ou regarder la télévision que pourtant tu exècres, quand on ne t'emmène pas de force prendre l'air au parc. Un vrai calvaire dis-tu !

Je sais aussi que nos visites ne t'apaisent pas, bien au contraire. Tu t'énerves contre Jacques qui mène, selon toi, l'affaire à sa perte par ses choix économiques désastreux. Jocelyne, elle, est mariée avec un fonctionnaire sans ambition qui lui a fait trois « morveux » dont les disputes constantes te fatiguent. Et moi, je suis de loin la plus irrécupérable à tes yeux. Non contente d'avoir gâché ma jeunesse en suivant un « bouseux » jusqu'au Cantal et pour lequel j'ai arrêté mes études, j'ai débarqué chez toi à l'improviste, après vingt ans d'absence, seule et sans ressources, bouleversant l'équilibre précaire que tu avais réussi à établir.

Tu m'en veux, je le sais, pourtant, j'aimerais tant que nous fassions la paix une fois pour toutes. Bien sûr, je t'ai dit des choses qui t'ont blessé, mais il fallait bien que j'exprime mon ressenti ! Et toi, crois-tu que tu as été tendre avec moi ? J'espérais qu'une fois l'abcès crevé, nous pourrions repartir enfin sur de bonnes bases, retrouver cette complicité qui nous liait, lorsque j'étais encore une petite fille avec des rubans roses dans les cheveux.

Ma sœur et mon frère ont une famille et des responsabilités. Ils ne peuvent s'occuper correctement de toi. Alors, même si je vis maintenant à quinze kilomètres d'Hortier, je pourrais venir te rendre visite, je te lirais les livres que tu aimes, et nous pourrions même aller chez La Mère Bertille, voir si son gâteau aux pommes est toujours aussi bon. J'aurais bientôt une voiture, ce sera plus simple que le car pour te rendre visite…

En attendant, peut-être que Mademoiselle Mathilde pourrait te conduire jusqu'ici ? Je parie qu'elle ne se fera pas prier pour voir comment je suis installée, elle est si curieuse ! Certes, ce n'est pas très grand chez moi, mais je m'y suis tout de suite sentie bien. De plus, c'est un logement de fonction sur mon lieu de travail et cela m'arrange bien. Vu l'état de mes finances, jamais je n'aurais pu me payer ne serait-ce qu'une modeste chambre de bonne ! De toute façon, je n'avais pas le choix et, comme tu me l'as si bien dit, c'est heureux, qu'à mon âge, j'aie trouvé si vite un emploi…

J'espère bientôt te revoir. Et comme je sais que tu n'as pas beaucoup de distractions, je vais te raconter une histoire pour te faire au moins sourire, celle d'un jeune étudiant de vingt ans qui occupe un studio dans l'immeuble. Je la tiens en partie de lui, mais Madame Declerc, une résidente, m'en avait déjà touché un mot. Elle connaît tout le monde dans la Résidence. Normal, elle y vit depuis ses trente ans et elle en a quatre-vingt-trois ! Elle n'est pas la seule à me parler d'ailleurs, les gens sont très avenants ici.

Voici donc l'histoire de Dominick. J'espère qu'elle te plaira. Elle m'a rappelé cette complicité que nous avions Maman et moi et qui me manque tant.

Je t'embrasse,

Jeanne.

ASSEZ, DICK !

Je m'appelle Dominick, avec CK s'il vous plaît, mon père est Danois et il a tenu à ma naissance à me donner cette touche nordique. Mais tout le monde m'appelle Dick.

Quand j'ai eu 6 ans, mes parents ont eu quelques problèmes, ils avaient du mal à s'entendre, et mon père est reparti dans son pays d'origine, nous laissant seuls maman et moi. Comme il était très souvent absent en raison de son travail, il est chef de projet dans un cabinet d'architecture international, cela ne m'a pas trop affecté au début. J'avais l'habitude de le voir s'en aller parfois pour plusieurs jours. Pourtant, son départ a quand même entraîné des bouleversements dans notre vie.

D'abord, maman qui avait arrêté de travailler depuis ma naissance a dû chercher rapidement un emploi car, même si papa nous envoyait de l'argent, cela ne suffisait pas à combler toutes nos dépenses. Je ne me souviens pas d'avoir manqué de quoi que ce soit, mais pour elle c'était très dur de voir que, malgré ses diplômes, aucun employeur ne voulait d'elle. Après avoir répondu vainement à plusieurs annonces, elle s'est résolue à s'inscrire au chômage, pour obtenir une allocation. Ce n'était pas une grosse somme et, je l'ai su bien plus tard, elle a du se priver de certaines choses pour que je ne m'aperçoive de rien. Elle a accepté tous les petits boulots qu'on lui proposait, nettement en-dessous de ses qualifications : du repassage, de la distribution de publicités dans les boîtes aux lettres, que sais-je encore… Parfois, elle trouvait un petit truc au noir, histoire de mettre un peu plus de viande dans mon assiette. Pourtant, je ne l'ai jamais entendue se plaindre, du moins devant moi. Au contraire, elle faisait tout pour que notre vie reste joyeuse.

Quand elle était prise par une de ces occupations, c'est Isabelle, une de ses amies qui habite le quartier, qui m'emmenait ou me cherchait à l'école. Il est arrivé que je reste chez elle pour la nuit. A cette époque, maman faisait le ménage dans des bureaux jusqu'à onze heures du soir. Comme je m'entends bien avec Yann, le fils d'Isabelle, je prenais cela comme une fête.

Un jour qu'elle me cherchait chez eux, maman a accepté de rester dîner car elle était très fatiguée et n'avait pas le courage de rentrer et de nous préparer le repas. Pendant qu'elles s'affairaient aux fourneaux, Yann et moi on jouait dans sa chambre. A un moment, j'ai eu soif et je me suis dirigé vers la cuisine. En m'approchant, j'ai perçu des sanglots. C'était maman qui pleurait. Cela m'a stoppé net et je suis resté dans le couloir. Dans l'encoignure de la porte, je voyais son visage strié de larmes. J'étais à la fois stupéfait et gêné. Je n'avais jamais vu ma mère dans un tel état. Soudain, entre deux hoquets, je l'ai entendue se plaindre de son existence et dire ces mots : « j'en ai assez de Dick ! ».

Je suis resté pétrifié. Mon père m'avait quitté depuis plusieurs semaines déjà, j'avais compris qu'il ne reviendrait peut-être pas, et voilà que ma mère ne voulait plus de moi ! Qu'est-ce que je leur avais donc fait pour qu'ils me rejettent tous les deux ? Je comprenais maintenant pourquoi je restais de plus en plus souvent chez Isabelle : elle ne m'aimait plus !

Après ça, inutile de dire que je n'avais plus ni faim ni soif. A table, maman n'a rien remarqué, elle était trop préoccupée par ses problèmes. Bien sûr, cela n'a fait qu'empirer mon malaise et mes craintes. Et cette nuit-là, je n'ai pratiquement pas dormi.

Les jours qui ont suivi, je tremblais chaque fois qu'Isabelle me cherchait et me ramenait chez elle. Je m'attendais à tout instant à ce qu'elle m'annonce que maman ne viendrait pas et que je resterais définitivement avec elle. A l'école, je ne m'intéressais plus à ce que disait la maîtresse, je ne faisais même plus mes devoirs et j'accumulais les punitions au lieu des bons points habituels. Cette attitude a fini par alerter l'institutrice qui a convoqué ma mère.

Durant tout l'entretien, je suis resté dans la cour. Par la fenêtre, je les voyais discuter et je n'en menais pas large. Maman semblait étonnée et passait sans cesse la main dans ses cheveux, ce qui, je le sais, est un signe de grande inquiétude chez elle. Quand elle est venue me rejoindre, elle était pâle et son regard était vague. Durant le chemin du retour vers la maison, elle n'a pas prononcé un mot. De mon côté, j'étais mort d'angoisse. Je craignais qu'elle me fasse des reproches, qu'elle me punisse. D'ailleurs, elle serrait ma main si fort que je ne pouvais imaginer autre chose que le pire.

Une fois chez nous, maman m'a dit que nous devions parler. Contrairement à ce que je pensais, elle n'a pas crié. Au contraire, ses yeux étaient tristes et elle m'a serré dans ses bras.

- Je sais que tu as mal vécu le départ de ton père et notre séparation, a-t-elle dit. Mais pourquoi te comportes-tu si mal à l'école ?

Elle m'a expliqué que ce qui se passait entre papa et elle ne devait pas m'effrayer ou m'inquiéter.

- Et même si ton père est loin, il t'aime beaucoup, a-t-elle poursuivi. Il viendra te voir aussi souvent que possible et tu pourras aller chez papy Henrick et mamie Guilda pour les vacances, comme d'habitude.

Alors, j'ai éclaté en sanglots et je lui ai dit :

- Maman, je t'en supplie, ne m'abandonne pas ! Je ne veux pas aller vivre pour toujours chez Isabelle. Je sais que tu en as assez de moi, mais je te promets que je serai sage et que j'aurai de nouveau des bonnes notes à l'école.

Maman m'a serré très fort. Elle m'a embrassé, a séché mes larmes et m'a demandé pourquoi je pensais qu'elle en avait assez de moi. Alors, je lui ai raconté que je l'avais entendue dire à Isabelle « j'en ai assez de Dick ». Elle m'a regardé un instant. Elle ne semblait pas comprendre ce que je disais. Et tout à coup, elle a éclaté de rire si fort que ça m'a fait peur. Puis, elle m'a de nouveau embrassé et m'a tout expliqué :

- Tu as mal compris, mon chéri. Tu sais bien que jamais je ne t'abandonnerai. Je sais que je ne suis pas toujours de bonne humeur ces derniers temps, mais je t'aime.

En disant cela, elle me serrait fort contre elle et cela m'a un peu calmé. Elle a continué :

- Tu sais, je n'ai pas vraiment de travail et parfois c'est dur. Je suis donc inscrite à un organisme qui me donne de l'argent tous les mois quand je ne trouve rien. Mais parfois, les versements sont irréguliers, alors, c'est difficile pour moi de payer le loyer et les courses. La fois où tu m'as entendue me plaindre, ils avaient douze jours de retard.

Comme je ne comprenais toujours pas, elle a ajouté :

- Et tu sais comment s'appelle cet organisme ?

J'ai fait « non » de la tête. Elle a souri.

- Eh bien, il s'appelle ASSEDIC. Et oui, ce jour-là, j'en avais « assez des ASSEDIC » !

J'ai mis un temps à comprendre, j'étais petit, ne l'oublions pas. Maman m'a alors montré des papiers avec ce mot en en-tête. Et soudain, j'ai réalisé que tout cela était un malentendu. J'étais si soulagé que je me suis mis à courir et sauter dans la pièce en criant : « Assez, Dick, assez des ASSEDIC ! ». Ma joie était contagieuse car maman m'a suivi dans ma ronde et nous avons dansé tous les deux, en chantant de plus en plus fort « Assez, Dick, assez des ASSEDIC »…

Depuis, papa et maman se sont réconciliés et il est revenu vivre avec nous. Mais, sans doute parce qu'elle avait été échaudée, elle a continué à chercher du travail et a finalement trouvé une place d'avocat dans un cabinet de conseil.

De temps en temps, lorsque quelque chose nous énerve, et même si l'organisme ne s'appelle plus ainsi, il nous arrive encore de prononcer cette phrase « assez des ASSEDIC ». C'est devenu une sorte de formule magique, un langage secret rien qu'à nous…

Résidence des Glycines
Venville
le 20 février

Cher Papa,

Je t'écris à nouveau car je m'inquiète pour toi.

Si tout va bien, dans deux mois, je pourrai venir te voir sans emprunter le car. Les horaires ne sont pas pratiques. La preuve, je suis passée chez toi lundi et visiblement tu n'étais pas là. C'est ma faute, j'aurais dû t'avertir, mais je voulais te faire une surprise. La prochaine fois, je te préviendrai la veille.

J'ai déjà mis de l'argent de côté pour l'achat de ma voiture. Bien sûr, ce ne sera qu'un véhicule d'occasion, mais je m'en accommoderai. D'ailleurs, je l'ai déjà réservée auprès d'un garagiste qui veut bien m'accorder un peu de délai pour réunir au moins la moitié de la somme. Pour le reste, il m'a promis qu'on s'arrangera. Je n'aurais jamais cru rencontrer autant de gens si bien disposés à mon égard. Mais il est vrai que cet homme est le gendre de Madame Declerc, la résidente dont je t'ai déjà parlé, et qu'elle a su l'attendrir sur mon sort.

Tu n'as pas encore répondu à ma lettre, ça m'attriste,

pourtant je ne m'inquiète pas. Je sais qu'il te faut du temps et que tu dois te ménager. Cependant, j'aimerais bien dissiper tous les malentendus entre nous et te revoir très vite.

Je t'avais proposé de venir jusqu'ici, mais je comprends que cela puisse te déplaire ou te fatiguer. Et au lieu de nous enfermer dans mon petit appartement, pourquoi ne nous retrouverions-nous pas dimanche prochain à Cayeux ? C'est tout près de chez toi, à peine deux kilomètres. Nous pourrions déjeuner dans le restaurant du bord de mer où vous aviez vos habitudes, Maman et toi, puis faire une promenade le long de la plage. Je suis sûre que l'air du large te ferait du bien. J'en ai parlé à Jacques, il est d'accord pour venir te chercher puisque c'est le jour de congé de Mademoiselle Mathilde. Et Jocelyne s'est proposée de venir me prendre et de me ramener. Ce serait si agréable de nous retrouver tous ensemble ! Qu'en dis-tu ? Donne-moi vite ta réponse.

Je ne sais pas si l'histoire de Dick t'a plu. En attendant dimanche, je te propose celle de Monsieur Germain, qui habite au second étage. C'est un homme très distingué. Il travaille dans une banque et est toujours tiré à quatre épingles. Il est aimable, mais je lui trouve un air un peu sournois. Et même si sa femme n'est pas aussi affable que lui, je me demande si elle n'a pas raison parfois de se disputer si souvent avec lui. Enfin, il lui est arrivé une aventure qui aurait pu très mal se terminer, mais je ne t'en dis pas plus, je te laisse le plaisir de la découvrir par toi-même. Tu me diras dimanche ce que tu en auras pensé.

Je t'embrasse,

Jeanne

UN SOMMEIL PRESQUE REPARATEUR

Ce matin, Germain Fourche a de la chance, il arrive pile à l'heure à l'Agence. C'est plutôt rare. D'habitude, les guichets sont déjà ouverts lorsqu'il franchit le seuil. Il sait pourtant que le directeur n'aime pas ça et qu'il ne va pas tarder à recevoir un blâme. Mais il a beau faire des efforts, prendre chaque soir de bonnes résolutions pour le lendemain, chaque matin c'est pareil, il ne parvient pas à être en avance à son bureau, comme ses collègues. S'il a du mal à se lever, ce n'est pas qu'il soit gros dormeur. En fait, la vraie responsable de ses retards répétés, c'est sa femme. Hier soir encore, ils se sont disputés.

Arriver le dernier veut dire aussi partir le dernier. Et ça, Josiane a du mal à le comprendre. Il a beau lui expliquer que c'est la contrepartie de ses manquements, elle ne veut rien savoir. Ou plutôt, elle voudrait bien connaître « la raison en jupons » qui empêche son mari de rentrer à l'heure après la fermeture de la banque. Comment lui faire admettre qu'il trouve normal de laisser rentrer tout le monde, de s'occuper du dernier client, de dépanner celui qui vient de se faire avaler sa carte bleue par le distributeur de billets juste à l'heure de la fermeture ?

C'est bien le moins, puisque depuis son embauche, il n'a jamais fait l'ouverture. Et ce n'est que lorsqu'il n'y a plus personne, qu'il s'est assuré que les grilles de sécurité sont baissées et que toutes les alarmes sont branchées, qu'il peut enfin rejoindre le domicile conjugal où l'attend l'interrogatoire inquisiteur de sa très jalouse épouse.

Elle n'a pourtant pas de raison de s'inquiéter Josiane. Il n'a pas l'intention de la quitter de si tôt. Il a eu suffisamment de mal à l'épouser. Oh, ce n'est pas l'amour qui le retient pourtant ! Ou plutôt si, c'est l'amour de la belle fortune dont elle a hérité à la mort de son père. Cet argent, son argent, Germain en a besoin pour assouvir sa seule passion, son seul espace de liberté, l'aéromodélisme.

Ça n'a pas l'air mais, mine de rien, ça revient cher ces « petites bestioles » comme elle le dit souvent Josiane, quand elle lui donne son argent de poche du mois. Et bien souvent, il est obligé de la cajoler pour obtenir une petite rallonge. Il déteste ces moments-là. C'est vrai que la jeune fille mince et rieuse a vécu et qu'il pense souvent qu'il préfèrerait encore faire l'amour à une otarie, mais il lui faut bien en passer par là. Pourtant, il doit bien avouer que les retombées de ces câlineries sont appréciables et qu'elle se montre bien plus généreuse après. Mais hier soir, il a bien cru que sa poule aux œufs d'or allait lui couper définitivement les ailes. La dispute a été si violente qu'il n'a pratiquement pas fermé l'œil de la nuit. Et c'est juste au moment où il sombrait enfin dans le sommeil que ce fichu réveil a sonné. Essayez d'être à l'heure dans ces conditions !

Comme d'habitude, elle lui a reproché son travail minable dans une agence de quartier, et son manque d'ambition. Si au moins il avait la gestion de quelques comptes bien pourvus, a-t-elle martelé pour la dix millionième fois ! Mais non, malgré ses années d'ancienneté, il passe la majeure partie de son temps derrière un guichet et ne s'occupe que de clients qui sont toujours dans le rouge. Il aurait aussi pu démissionner lorsqu'elle a hérité. Au lieu de végéter à son poste, ils pourraient voyager, parcourir le monde, aller vivre sur la Riviera.

La Riviera ! C'est sa dernière marotte à Josiane. Elle n'a que ce mot à la bouche. Elle ne comprend donc pas que, s'il persiste dans son travail, c'est pour pouvoir lui échapper au moins trente-cinq heures par semaine et que s'il refuse toutes les promotions c'est pour garder du temps libre pour ses chers avions miniature ? Evidemment, il ne lui dit pas tout cela. Il répond généralement qu'il a sa fierté, qu'il ne veut pas vivre à ses crochets, qu'il ne se sentirait plus un homme digne de ce nom. Et généralement ça marche, elle finit par s'amadouer, surtout s'il la regarde en battant des cils et les yeux suppliants. Mais hier soir, ses minauderies n'ont eu aucun effet. Josiane était de mauvaise humeur et ne s'est calmée que grâce à la petite pilule rose qu'elle avale avant de se coucher. De son côté, la peur de se retrouver sans la précieuse aide financière de sa femme l'a tourmenté toute la nuit. Et maintenant, le voilà coincé pour la journée à supporter le défilé de tous les petits budgets du quartier. Je sens qu'elle va être formidable, cette journée, se dit-il en serrant les poings…

A dix heures, le courrier arrive et entre toutes, une enveloppe blanche à son nom attire son attention. Pour une raison indéfinissable, ce rectangle blanc l'intrigue autant qu'il l'angoisse. Martine, sa voisine de bureau, l'observe du coin de l'œil. C'est une amie de sa femme et il sait qu'elle le surveille et que, s'il le faut, elle lui fera son rapport. Il s'empresse d'ouvrir la lettre. Qui sait si elle ne va pas penser qu'il reçoit des mots doux en cachette ? Mais dès les premières lignes, il pâlit :

« Cher Monsieur Fourche, dit la missive,

Lorsque vous lirez ces mots, je serai morte et c'est entièrement votre faute.

Hier, je suis venue vous demander un prêt que vous m'avez refusé. Ce n'était pourtant pas grand-chose, juste 3 000 euros ! Avec cet argent, j'aurais pu réduire un peu mes arriérés de loyer et régler une dette que je dois à un ami. Cela m'aurait permis de tenir durant les deux mois qui me séparent de ma prise de poste puisque après vingt-huit mois de chômage et de galères en tous genres, j'ai enfin retrouvé du travail, un remplacement pour départ à la retraite. Mais cela ne vous a pas suffi, ce ne sont pas des garanties, m'avez-vous dit. J'ai un découvert assez conséquent et ce n'est pas mon RSA qui va le couvrir.

Ah, si j'étais riche, si j'avais des garanties, vous me les auriez prêtés de bon cœur, ces 3 000 euros ! Mais mes maigres biens, c'est l'huissier qui s'en est chargé la semaine dernière et la banque, votre banque, ne veut prendre aucun risque avec une personne qui a changé quatre fois de boulot en six mois avant d'être sans emploi, des fois que je recommence mon errance laborieuse.

Demain matin, mon propriétaire viendra avec les gendarmes pour me déloger. Je suis fatiguée et je n'ai pas envie de lui faire ce plaisir à ce vieux rat libidineux. Si j'avais été gentille, il me l'aurait laissé gratuit le logement ! Même qu'il aurait pu m'installer dans un des nombreux appartements de luxe qu'il possède. Sûr qu'à lui vous le lui auriez accordé le prêt ! Mais je préfère crever que de sentir ses mains moites sur moi. Je vais donc m'en aller. Quel dommage que je ne puisse voir sa réaction quand il ouvrira la porte !

Mes cachets commencent à agir, j'ai sommeil. Continuez à fermer les yeux sur la détresse humaine et ne soyez pas triste pour moi, je n'ai pas de famille, donc personne pour venir pleurer sur ma tombe.

Votre ex-cliente, Geneviève Deniot. »

Après cette lecture, Germain reste quelques instants hébété. Il est pâle, une sueur froide perle sur son front. Il fait si peine à voir que Martine s'approche de lui, inquiète. Cela a le don de lui faire reprendre ses esprits. Il se précipite sur sa pile de dossiers et recherche frénétiquement celui de sa cliente, sous l'œil étonné de sa collègue. Enfin, il saisit son manteau, ses clefs et hurle à la cantonade d'envoyer les pompiers au 19 rue des Charrons.

Quinze minutes plus tard, après avoir grillé deux feux rouges, un stop et essuyé pas mal d'insultes au passage, il parvient au domicile de Mademoiselle Deniot. Les secours sont déjà là, il est soulagé. Pendant que le médecin donne les premiers soins à la jeune femme, il s'entretient avec le propriétaire. Celui-ci semble choqué, mais n'en oublie cependant pas le sens des affaires et tout en parlant, effectue le tour de l'appartement, en notant les dégâts et réparations qu'il devra effectuer. Devant tant de cynisme, Germain est de plus en plus mal à l'aise. Durant tout le trajet, il a revécu la scène de la veille, où il a refusé le prêt à sa cliente et il s'en veut. N'a-t-il pas été trop brutal ? N'aurait-il pas pu faire preuve d'un peu plus d'humanité ? Devant le logement précaire et mal agencé, il a de plus en plus honte. A la fin, las d'entendre les récriminations du propriétaire, il rédige un chèque pour couvrir les arriérés de loyer et s'engage à rembourser les autres frais. Il est prêt à n'importe quoi pour soulager sa conscience, pourvu que Geneviève s'en sorte !

L'ambulance étant sur le point de quitter les lieux, le médecin propose à Monsieur Fourche de la suivre jusqu'aux urgences. Sans doute pense-t-il qu'il est un ami de la victime, voire davantage. C'est ainsi que Germain se retrouve à l'hôpital et assailli de questions pour le dossier d'admission de sa cliente. Il a beau s'évertuer à expliquer qu'il ne connaît ni son numéro de Sécurité Sociale ni la liste de ses éventuelles allergies, la secrétaire insiste tout en jetant un regard désapprobateur sur son alliance. Mon Dieu ! pense le pauvre homme, elle me prend pour son amant… Cette pensée lui donne des sueurs froides. Pourvu que sa femme ne s'imagine pas cela de son côté, si jamais elle apprend qu'il a promis de payer toutes les dettes d'une quasi inconnue ! Cela le ramène à la réalité et il finit quand même par trouver quelques renseignements dans le sac de la malade qu'on lui a confié en entrant dans le service. La secrétaire au moins est calmée, se dit-il.

Pendant ce temps, Geneviève a subi un lavage d'estomac. Le médecin vient le rassurer, elle est hors de danger, mais il faut maintenant qu'elle se repose et restera donc en observation. Il ne pourra revoir « son amie » que le lendemain.

Un peu soulagé, il retourne à l'Agence où tout le monde l'attend avec impatience, car la lettre qu'il a laissée sur son bureau est passée de mains en mains et surtout dans celles du directeur. Ce dernier le convoque aussitôt et lui passe un savon en règle.

- Cette histoire ne va pas contribuer à la bonne presse de la banque, lui assène son supérieur. Encore heureux que le drame ait pu être évité ! Qu'est-ce que vous cherchez, Fourche, à couler cette boîte ? Décidément, vous n'êtes qu'un bon à rien !

Germain est sidéré. Hier encore, c'est Truchard lui-même, qui lui a interdit de donner suite à la demande de Geneviève ! Il essaye de rafraîchir la mémoire de son chef, mais celui-ci ne l'entend pas de cette oreille.

- Taisez-vous, vous en avez assez fait ! Il faut surtout éviter le scandale. On n'est pas à Neuilly ici. Nos clients ne sont pas riches. S'ils apprennent que leur banque ne les soutient pas en cas de pépin, ils iront voir ailleurs. Vous avez entendu parler des banques en ligne ? Plus de guichets, plus de conseillers, quelques clics et hop ! on ouvre un compte, aussi vite qu'on le ferme dans un établissement traditionnel. C'est ça que vous voulez, Fourche ? Qu'on mette la clé sous la porte et tous vos collègues au chômage ? Vous, bien sûr, avec le pactole qu'a ramassé votre femme en héritage, vous vous en foutez !

Vous serez chaudement à l'abri, vous, pendant qu'on ira pointer à Pôle Emploi !

Devant la colère et la mauvaise foi de son directeur, Germain se tait. Il aimerait bien lui redire à quel point il est injuste et surtout, à quel point il se trompe s'il pense que la fortune de Josiane est une chance. Mais il sait bien que ça ne servirait à rien, et que même, ça envenimerait encore la situation. Il sait que sa présence à l'Agence ne tient qu'à un fil et il a trop peur de se retrouver l'esclave financier de sa femme. Alors, même s'il a honte de sa lâcheté, il courbe l'échine. Sûr d'avoir bien enfoncé le clou, Truchard renchérit :

- Donc, j'espère que je me fais bien comprendre : non seulement on va lui accorder son prêt, mais en plus, avec des intérêts minimes. De toute façon, comme elle a retrouvé un emploi, elle pourra rembourser, mais au moins, on aura fait un geste. Et maintenant, retournez travailler, ça vous changera !

Et sur ces paroles, content de lui, le directeur le renvoie à ses occupations. Germain est embêté. Il a déjà fait un chèque au propriétaire, sur un compte secret qu'il a ouvert dans une banque concurrente. C'est là qu'il cache ses économies sur les « primes » accordées par Josiane, une réserve, au cas où elle le quitterait. Maintenant que les problèmes de Geneviève sont réglés et qu'elle est hors de danger, il se demande s'il pourra le récupérer. Hélas ! se dit-il, cet homme est bien trop rat pour me le rendre. Je peux dire adieu à mon argent !

Le soir, en rentrant, il doit affronter le regard soupçonneux de sa femme. Evidemment, Martine lui a tout raconté. Mais à sa grande surprise, Josiane ne se fâche pas. Elle le cajole, l'appelle « mon héros » et il se sent obligé de répondre à ses ardeurs. Il est vrai qu'elle ne sait rien du fameux chèque. Au moins, pense-t-il, je pourrai renflouer rapidement mon compte.

Le lendemain, il profite de sa pause-déjeuner pour retourner à l'hôpital. Quelle n'est pas sa surprise de voir deux agents de police dans chambre ! Il s'empresse de sortir, mais l'un d'eux l'apostrophe. Quand il décline son identité, ce dernier le prend à part et lui explique sommairement la situation.

- C'est une dame qui pratique couramment l'escroquerie. Son complice est déjà en garde à vue. On est venus l'arrêter à son tour, puisqu'elle est hors de danger. D'ailleurs, vous en saurez davantage en vous rendant au poste où vous serez convoqué, ajoute-t-il.

Effectivement, de retour à son travail, Germain reçoit un coup de fil du commissariat. On lui demande de venir éclaircir quelques points. C'est ainsi qu'il apprend que la demoiselle et son acolyte, qui n'est autre que son fameux bailleur, sont mis en examen, qu'ils n'en sont pas à leur coup d'essai et qu'ils ont ainsi berné plusieurs hommes « un peu trop sensibles » dans diverses villes de la région, en mettant au point ce scénario de suicide.

- Elle prend toujours une dose de somnifères suffisante pour bien dormir, mais pas assez pour qu'il y ait des conséquences irréversibles. C'est la troisième fois que cela arrive ici en quelques mois et les services sociaux ont été alertés. Ils ont mené une enquête et ont eu des soupçons. C'est comme ça qu'on a pris l'affaire et découvert que tous deux possèdent un beau logement à Paris et mènent grand train une bonne partie de l'année. Ils ont monté un plan machiavélique. Régulièrement, lui achète un taudis dans une ville de province, et elle disparaît de chez elle. On la retrouve alors locataire dudit taudis, sans emploi et sans ressources. Ils repèrent un personnage faible et passent à l'attaque. On a compté pas moins de neuf victimes qui leur assurent des revenus intéressants, rien que dans la région. Cette fois, ils ne se sont pas assez méfiés, ils n'ont pas tout à fait respecté leur modus operandi, un excès de confiance dans un processus bien rôdé sans doute, et nous avons donc pu les coincer enfin.

Plus l'inspecteur avance dans son récit et plus Germain comprend à quel point il a été naïf.

- Ça fait deux mois qu'on les surveille. On connaît tout de leurs agissements. Je peux même vous dire ce qu'ils ont mangé dimanche dernier, ajoute-t-il un rien goguenard. Autant vous dire, Monsieur Fourche, que nous n'avons pas de charges contre vous, si ce n'est que vous êtes un peu trop, disons, attentif et prévenant face à la détresse d'une jolie femme…

Germain sursaute. L'inspecteur arbore un sourire ironique. Il se moque de moi, pense-t-il, et il a bien raison…

- Mais vous l'avez échappée belle, continue l'officier. Les cachets ne lui auront pas rapporté le sommeil réparateur qu'elle escomptait mais elle va pouvoir se reposer et dormir à l'ombre pour quelque temps…

Germain est soulagé, il ne sera entendu au procès qu'à titre de témoin. Quant' à son chèque, il ne sera jamais encaissé. Il sera cependant présenté devant la Cour, car c'est une pièce à conviction. Ce dernier point l'embête un peu, mais finalement, il s'en tire à bon compte. En le quittant, l'inspecteur prend soin d'ajouter :

- Au revoir Monsieur Fourche, puisque nous sommes appelés à nous rencontrer encore. Mais, à l'avenir, soyez plus prudent dans vos fréquentations…

Germain a bien compris la leçon et se promet de la retenir.

Plusieurs semaines passent et peu à peu, il explique à sa femme qu'il n'a agi que par bonté d'âme et pour ça, il a un allié sûr, le rapport de police. Même si elle se montre récalcitrante, vu les lenteurs de la justice, il pense avoir encore plusieurs mois pour lui prouver sa bonne foi et regonfler son magot secret. Et comme Josiane a enfin acheté un pied à terre sur la Riviera pour y passer les hivers et qu'il a consenti à quitter son emploi à la banque pour se consacrer à la gestion de son patrimoine, le futur s'annonce sous les meilleurs auspices. En plus, comme elle a aussi entrepris un régime strict pour porter une nouvelle garde-robe sans craindre les regards, il mettra peut-être davantage d'ardeur que d'habitude, dans leurs moments plus intimes...

*Résidence des Glycines
Venville
Le 27 février*

Cher Papa,

Demain, ce sera ton anniversaire, mais je ne pourrai pas venir te le souhaiter de vive voix, car je ne peux pas quitter mon travail comme bon me semble. Je penserai quand même très fort à toi et nous le fêterons plus tard.

A propos d'anniversaire, j'ai une anecdote très plaisante à te raconter. C'est le rituel de Madame Henriette, une pause à la fois nostalgique et pleine de tendresse qu'elle s'accorde tous les ans. J'espère que tu l'apprécieras.

J'espère aussi pouvoir te voir prochainement et fêter en famille dignement tes 72 ans,

Je t'embrasse,

Jeanne

UNE HABITUDE BIEN ANCREE

Depuis qu'elle est veuve, tous les ans, le jour de son anniversaire, Madame Henriette se rend à Caen, dans un restaurant étoilé, pour le déjeuner.

Comme c'est devenu une habitude, elle n'a plus besoin de réserver d'une année à l'autre. Le patron du restaurant et le personnel la connaissent, cela fait soixante-quinze ans qu'elle vient à cette date. La première fois, c'étaient deux ans après la Libération, le restaurant venait tout juste d'ouvrir à nouveau, après les réparations dues aux bombardements.

Bien sûr, ce jour-là et de nombreuses années durant, elle est venue avec son mari, puis leurs enfants jusqu'à ce qu'ils soient adultes et vivent leur vie. Il est arrivé que même les petits-enfants soient de la partie. Mais depuis huit ans, elle est veuve et elle vient seule. Elle ne veut partager ce moment avec personne.

Elle n'a pas non plus besoin de détailler son menu, depuis le début, elle prend toujours la même chose, un verre de champagne en apéritif avec des amuse-bouche, du foie gras de canard avec sa brioche dorée en entrée, le poisson du jour avec sa garniture de légumes, le tout arrosé d'un verre de vin blanc pas trop sec. Et pour finir, un dessert aux fraises et une tisane de camomille, seule dérogation à son rituel, parce qu'à son âge, le café ne lui convient plus. Et avant de payer l'addition, le patron et le chef lui apportent un petit verre de liqueur de verveine. Ça aussi, c'est devenu immuable.

C'est comme le taxi qu'elle réserve toujours pour cette occasion, et qui tous les ans vient la chercher et la ramène, parce que, une fois encore, son grand âge lui interdit désormais de prendre le volant. D'ailleurs, elle n'a plus de voiture depuis qu'elle a failli finir dans un fossé la dernière fois qu'elle a voulu aller faire ses courses toute seule. Elle a eu si peur, qu'elle l'a aussitôt vendue. Depuis, elle se déplace en bus ou avec un de ses charmants voisins qui ne manquent jamais de lui proposer leurs services. Mais elle a de l'éducation, elle sait qu'il ne faut jamais abuser des bonnes choses et n'accepte que lorsqu'elle ne peut faire autrement. Quant' au taxi, elle ne le réserve que pour des occasions particulières, comme le jour de cet anniversaire.

Bien sûr, ses enfants viennent la voir de temps en temps et lui rendent également des services, mais ils vivent loin, l'un à Paris et l'autre à Lille, et elle ne les voit pas aussi souvent qu'elle le désire. Elle a aussi longtemps gardé ses petits enfants durant l'été, lorsqu'ils étaient en vacances, mais maintenant qu'ils ont grandi, ce séjour à la campagne, dans un bourg où les distractions sont rares, ne les intéresse plus beaucoup. Ils viennent avec leurs parents, restent le weekend et s'en vont, soulagés de retrouver la ville et leurs copains. Elle ne leur en veut pas, elle aussi a été jeune et s'en souvient.

Ses enfants ne l'oublient pas, elle le sait, ils lui envoient des fleurs et des chocolats, chaque année, lorsque la pendule égrène une année de plus, mais ils ne se déplacent pas pour cela. Elle le leur a d'ailleurs bien fait comprendre, ce jours-là est spécial, elle le passe à Caen en tête à tête avec elle-même, ou plutôt avec le souvenir de Vincent, son mari, son seul amour, qui lui manque encore plus durant cette journée.

Ce déjeuner dans un grand restaurant, c'était leur rituel à tous deux. Ils célébraient ainsi son anniversaire, mais aussi celui de leur rencontre. Car c'est bien ce jour-là qu'ils s'étaient trouvés, à une époque où la vie était bien plus difficile et dangereuse.

Soixante-quinze ans plus tôt, le jour de ses dix-huit ans, la campagne retentissait de coups de feu et d'explosions. Les Alliés venaient de débarquer, ils repoussaient de leur mieux les Allemands envahisseurs. Les habitants se terraient comme ils pouvaient, dans les caves ou les abris de fortune. Ses parents et elle vivaient alors dans une ferme et ils avaient trouvé refuge dans l'étable, avec Georgette, la seule vache qui avait échappé à l'occupant.

La bataille faisait rage non loin de là, et ils sursautaient à chaque détonation. Sa mère récitait des prières et pleurait, tout en la serrant plus fort contre elle.

- Mon Dieu, épargnez ma fille, implorait-elle, c'est son jour, celui où elle devrait souffler des bougies et non trembler dans mes bras.

Le Bon Dieu devait certainement l'entendre, car le bruit se faisait de plus en plus lointain et il semblait vouloir les protéger. Lorsqu'enfin le silence s'est installé, ils sont sortis de leur cachette. Ils ont vu de la fumée derrière la colline et son père est allé voir. Il a quand même emporté son fusil, au cas où. C'était un souvenir de la guerre, celle d'avant, qui lui avait aussi laissé un éclat d'obus dans la jambe, suite à quoi il boitait et avait été déclaré inapte pour reprendre les armes.

Sa mère avait bien essayé de le dissuader de s'aventurer ainsi vers l'inconnu, mais la ferme des Michaux était peut-être en flammes et il tenait à s'en assurer, il fallait bien s'entraider en ces temps si difficiles.

Deux heures étaient passées dans une angoisse totale, lorsqu'elles l'avaient vu revenir. Il n'était pas seul. A ses côtés marchaient deux soldats qui soutenaient un de leur camarade, visiblement blessé. Tout d'abord, elles ont cru qu'il s'agissait de rescapés de l'armée ennemie, mais son père leur a fait signe de ne pas s'affoler. C'étaient des français qui avaient rejoint l'Angleterre à l'appel du Général de Gaulle et avaient tenu à participer au débarquement pour libérer leur pays.

Lorsque le petit groupe parvint jusqu'à la maison, Jules, son père, demanda à sa femme de faire chauffer de l'eau et de préparer des bandages. Corinne s'exécuta aussitôt. Pendant ce temps, Henriette avait cherché de la paille fraîche à l'étable et l'avait étendue sur le grand coffre de la resserre, où sa mère entassait toutes sortes d'ustensiles. Elle la couvrit ensuite avec un drap, confectionnant ainsi une couche sommaire, sur laquelle on installa le blessé.

Sa mère lava la plaie du jeune homme qui, à bout de forces s'était évanoui. Heureusement, elle était profonde, mais la balle avait traversé la hanche sans y rester et n'avait touché aucun organe vital. Il avait perdu beaucoup de sang et la marche jusqu'à la ferme l'avait encore affaibli. Avant qu'elle ne lui mette un bandage, Jules sortit du buffet une bouteille de calva. Il en servit trois verres, puis il en versa une bonne giclée sur la blessure, histoire de la désinfecter. Le garçon poussa un cri de douleur et sombra aussitôt dans le brouillard.

Les deux soldats avalèrent leur gnole et rassurés de voir leur camarade entre de bonnes mains, décidèrent de rejoindre leur bataillon.

- Il va se remettre, je vous le promets, dit Jules. On va bien s'occuper de lui. Il est jeune et semble un bon gaillard, il sera vite sur pied. Et il n'est pas dit qu'on va laisser un p'tit gars qui s'est battu pour flanquer une rouste aux frisés, sans soins ni nourriture.

Sur ses mots, après avoir raccompagné les deux combattants, il alla derrière le bâtiment et sacrifia leur plus vieille poule.

Corinne n'était pas contente. Il ne leur restait que trois volailles, miraculeusement rescapées des réquisitions de vivres, et voilà qu'il en supprimait une. Certes, elle était reconnaissante au jeune garçon de s'être battu pour leur liberté, mais ce n'était pas sa faute s'il s'était pris une balle. En plus, Cocotte était une survivante, elle avait été achetée bien avant la guerre et depuis, elle avait fait son œuf, voire deux certains matins, en bonne et loyale pondeuse. Alors, même si elle était un peu moins vaillante maintenant, elle ne méritait pas de finir si vite dans la marmite.

Jules fit taire sa femme.

- Quand j'étais dans les tranchées, et que j'ai été blessé, j'aurais bien voulu qu'on s'occupe un peu mieux de moi. Au lieu de ça, on m'a collé dans un hôpital de campagne, avec des Sœurs qui n'avaient de « bonnes » que le nom ! C'étaient de vraies peaux de vaches, qui ne faisaient que nous houspiller quand on avait mal et qu'on se plaignait. Alors ce p'tit gars, on va lui préparer un bon bouillon, et lui refaire rapidement une santé. Je suis sûr qu'il a une maman qui s'inquiète pour lui, et il pourra lui dire, quand il la reverra, qu'on l'a bien traité !

Corinne se taisait.

- Et puis, ajouta-t-il, c'est aussi l'anniversaire d'Henriette, et à défaut de cadeau, elle mérite bien un bon repas pour ses dix-huit printemps...

Ils ne le savaient pas, mais la vie venait de faire à la jeune fille son plus beau présent.

Quand le garçon ouvrit les yeux, il fut aussitôt rassasié par un bon bouillon parfumé, dans lequel on avait même ajouté un jaune d'œuf.

- Bois, mon p'tit gars, lui dit Jules. Ça va te requinquer. Et quand tu seras en meilleure forme, tu nous raconteras ton histoire. Dis-nous juste ton nom et d'où tu viens, des fois qu'on puisse rassurer ta mère…

Vincent, c'était son prénom, leur raconta entre deux gorgées, qu'il venait d'un petit village sur la côte normande, et qu'après avoir entendu l'appel du Général de Gaulle, lui et son frère avaient pris la barque de leur père et, de nuit, bravant tous les dangers, ils avaient rejoint l'Angleterre. Cet effort l'ayant épuisé, il sombra bien vite dans un sommeil agité.

Toute la nuit, Henriette et sa mère s'étaient relayées pour le veiller, attentives à ce qu'il ne défasse pas son bandage et que la fièvre ne monte pas davantage.

Il resta ainsi trois jours durant, oscillant entre des phases de réveil, où on lui faisait avaler le reste du bouillon, et un sommeil entrecoupé de cauchemars avec une fièvre qui ne baissait pas. Mais grâce aux bons soins des deux femmes, il finit par se remettre doucement. Lorsqu'il put enfin se lever et faire quelques pas, il donna davantage de détails sur les mois passés de l'autre côté de la mer. Il expliqua comment il avait rejoint les autres engagés dans cette lutte pour la reconquête de leur pays, les heures d'entraînement, les plans échafaudés en vue de la victoire.

En écoutant le garçon, Jules repensait à sa guerre, qui n'avait rien de comparable. Il avait passé plusieurs mois dans la boue des tranchées, grelottant de froid, bataillant avec les poux et la vermine au fond d'un trou, avant de participer aux combats et d'être blessé. Cette nouvelle guerre, comme il l'appelait, n'avait duré que quelques mois et l'ennemi s'était installé, prenant possession des plus belles demeures en chassant leurs propriétaires, s'octroyant leurs biens, affamant la population en la privant de nourriture et semant la terreur à chaque tournant de chemin.

Les occupants étaient cruels, ils fusillaient sur les places des villages tous ceux qui se montraient récalcitrants à leur obéir. Ils n'hésitaient pas à enlever leurs enfants aux femmes qui se dérobaient à leur désir et lorsqu'il les voyait approcher de trop près sa ferme, il obligeait

Henriette et sa mère à s'enfermer dans le grenier, craignant qu'ils ne s'en prennent à elles et les emmènent. Bien sûr, il y avait des femmes qui se laissaient faire, dans l'espoir d'obtenir quelque faveur, mais la plupart du temps elles revenaient bredouilles, n'ayant gagné que la honte.

Vincent parlait de réseaux de Résistance, de messages codés, d'accostages la nuit dans des criques obscures pour saboter des installations ennemies. C'était une façon de combattre qu'il ne connaissait pas et qui le déstabilisait.

Durant leurs échanges, Henriette ne quittait pas des yeux leur « protégé ». Il était à peine plus âgé qu'elle et il lui semblait avoir déjà vécu bien plus de vies que la sienne. Lorsqu'il évoquait son débarquement sur les côtes normandes, la peur et l'excitation qu'il avait ressenties en foulant le sable de la plage, les camarades tombés sous les tirs ennemis qui ne se relevaient pas, la fierté de participer à cet événement extraordinaire, ses yeux brillaient d'un feu ardent et il devint vite pour elle le héros qui peuplait ses rêves. Quand son père lui laissait un peu de repos, elle s'asseyait à côté de lui et lui posait des questions sur sa famille et sa vie d'avant-guerre.

C'est ainsi qu'elle apprit qu'il aimait se promener dans la campagne, s'asseoir sous un arbre en lisant de la poésie et qu'il espérait, une fois la paix rétablie, devenir instituteur. Sa mère était couturière et son père pêcheur, mais il ne souhaitait pas prendre sa succession, le jour où il s'arrêterait, il laissait ça à son frère ainé. Lui, il aimait la mer, mais pas pour le travail. Il préférait la terre et s'occupait plus volontiers du potager familial que de retirer les filets.

Plus elle l'écoutait, plus Henriette était charmée. Mais elle savait qu'il ne resterait pas longtemps encore parmi eux. Il était rétabli et, lui-aussi souhaitait retrouver ses camarades. L'armée alliée avançait, les Allemands reculaient, il voulait être là, quand ils traverseraient le Rhin pour rentrer chez eux en vaincus. Un matin, il rassembla ses affaires et après avoir remercié ses sauveurs et promis de revenir les voir dès que tout serait terminé, il les embrassa tous trois et quitta la ferme.

Toutefois, en étreignant Henriette, il lui murmura « je reviendrai » à l'oreille. Cette promesse et le regard qu'il lui adressa en se retournant pour un dernier salut, remplirent le cœur de la jeune fille de désespoir. Ainsi, lui-aussi avait ressenti un tendre sentiment, mais il s'en allait vers des dangers qu'elle n'osait imaginer. Elle se promit de prier matin et soir pour que Dieu le lui ramène sain et sauf.

Vincent rejoignit le bataillon Leclerc et lorsqu'il vit le drapeau français flotter sur la cathédrale de Strasbourg et les militaires allemands franchir le Rhin, il décida que sa mission était terminée. Il regagna d'abord son village où il retrouva avec bonheur sa famille. Puis, quand les siens furent rassasiés du récit de ses années passées loin d'eux, il prit le chemin de la ferme de ses sauveurs et, une fois la porte franchie, il demanda solennellement la main d'Henriette à son père.

Jules et Corinne avaient bien compris les sentiments qui peu à peu avaient grandi entre les jeunes gens. Les larmes de leur fille quand le garçon les avait quittés, l'anxiété qu'eux-mêmes avaient partagée en le sachant à nouveau au milieu des combats, les avaient convaincus qu'ils s'étaient attachés à lui et la demande fut acceptée avec joie.

Vincent retourna chez lui avec une photo de sa fiancée et reprit ses études de bon cœur. Les jeunes gens se voyaient fréquemment et les deux familles s'accordaient à merveille. Quand il obtint un poste à Caen après avoir brillamment remporté les épreuves de son diplôme d'instituteur, le mariage eut lieu. Et durant près de soixante-dix années, avec la naissance de deux enfants, leur vie ne connut que des moments heureux, hormis le décès de leurs parents respectifs.

Au fil du temps, ils prirent l'habitude d'aller fêter l'anniversaire d'Henriette et de leur rencontre dans le meilleur restaurant de la ville.

C'est ce rituel qu'Henriette continue à perpétuer, même après le départ de Vincent. Mais lui aussi prend part à ce repas traditionnel, car elle ne manque jamais d'installer le portrait de son mari face à elle. Et les serveurs qui connaissent l'histoire de cet amour sans faille, installent le couvert de l'absent à chaque fois.

Tous les ans, en levant son verre à l'image de son bien-aimé, elle lui donne rendez-vous à cette même table l'année suivante, même si, cette fois, forte de ses 93 ans, elle considère qu'il est grand temps pour elle de le rejoindre…

Résidence des Glycines
Venville
le 2 mars

Cher Papa,

Tu n'as toujours pas répondu à mes lettres, ni à ma proposition de dimanche à la mer. Cela me désole. Il fait beau, le printemps précoce est si doux, tu ne risques pas de prendre froid, pourtant. Ce serait si merveilleux de se retrouver au bord de l'eau ! Nous pourrions fêter tous ensemble ton récent anniversaire. Je suis sûre que maman serait heureuse de nous savoir réunis. Donne-moi de tes nouvelles, je t'en prie !

Bien sûr, je pourrais te téléphoner. Mais je n'aime pas trop ça. Parfois, on dit des choses qui peuvent être mal comprises. Ou alors on se laisse emporter et on le regrette, mais c'est trop tard. Je préfère écrire, choisir mes mots pour ne pas te heurter. Des malentendus, il y en a eu assez entre nous. Mais j'aimerais tellement pouvoir te parler à cœur ouvert, sans avoir peur que tu le prennes mal ! Je sais aussi que tu ne rends pas les armes facilement. Ne me fais pas trop attendre, malgré tout. Je t'aime, mais je ne suis pas très patiente, je n'ai pas hérité ça non plus de Maman…

J'espère que tu vas bien. De mon côté, je ne suis pas à plaindre car, depuis que je travaille, je me sens beaucoup mieux. Tout le monde est content de moi et ce que je fais ne me pèse pas. Je gagne assez bien ma vie, j'ai des avantages intéressants et même du temps libre, je ne pouvais espérer mieux. Certes, j'aurais aimé un emploi plus brillant, une occupation dont tu aurais pu être fier en parlant de moi, mais j'étais dans l'urgence et j'ai accepté ce poste qui se libérait opportunément. Donc, même si je ne roule pas sur l'or, je suis contente de ce travail qui me donne enfin une certaine autonomie. Et tant que je pourrai le garder et que l'on sera content de mes services, je ne rendrai pas mon tablier !

Je vois de plus en plus souvent Madame Declerc, ma voisine, avec laquelle j'ai noué des liens très chaleureux, et qui continue à me charmer de ses histoires. Je t'en ai réservée une, celle de Madame Josette, la petite-fille d'un des protagonistes de ce récit. Je crois que sa sœur habite la région, ce qui l'a décidée à venir ici car elle n'a pas d'autre famille. Son mari est décédé il y a un an et ils n'ont pas eu d'enfants. Quand on vieillit, on a besoin de se rapprocher des siens…

J'ignore comment ils se sont connus et, d'ailleurs, je ne voulais pas être indiscrète. Néanmoins, je sais qu'il a connu une enfance difficile car il a été arraché à sa famille à l'âge de huit ans, et placé dans une ferme. C'était un souvenir douloureux pour lui et il ne l'évoquait pas souvent. Voici quand même ce qu'elle m'en a confié. J'espère que tu apprécieras cette nouvelle histoire.

Réponds-moi ! Je me fais du souci pour toi et j'attends ta lettre avec impatience.

J'aimerais aussi que tu me dises ce que tu penses de ma prose. Quand j'étais au lycée, tu appréciais toujours mes devoirs. Tu espérais que je ferais des études littéraires et je sais par Maman, que tu m'imaginais devenir une auteure reconnue…

Durant toutes ces années où j'ai travaillé à la ferme, j'ai eu plus souvent l'occasion de manier une fourche qu'un stylo. Je pensais être rouillée et ne plus savoir comment m'y prendre, pourtant, j'ai retrouvé le plaisir de relater à ma manière les histoires qu'on me raconte. Mes écrits trouvent-ils encore grâce à tes yeux ? J'ai hâte de le savoir, alors, s'il te plaît, réponds-moi enfin.

J'attends impatiemment de tes nouvelles,

Je t'embrasse,

Jeanne.

GRAIN DE CAFE

Il est arrivé un jour de son île lointaine. C'était au temps où la France repeuplait ses campagnes avec des enfants des Colonies.

Il était si petit et si noir qu'on l'a aussitôt surnommé Grain de Café. Pour l'état civil, il s'appelait Basile, mais, pour tout le monde, il a gardé ce nom, même lorsqu'il est devenu un homme.

Il avait huit ans quand la République a jugé qu'il devait quitter sa grand-mère, sa seule et unique famille, et partir rejoindre la Mère Patrie. Là-bas, on manquait de bras pour cultiver la terre, on comptait absolument sur les siens.

A vrai dire, si le fonctionnaire qui l'avait désigné l'avait vu, jamais il ne l'aurait choisi. Sur toute l'île, il n'y avait pas plus petit, plus malingre que lui. Ce serviteur de l'Etat en aurait préféré un autre, comme Zéphyr par exemple, qui, bien que plus jeune, le dépassait d'une bonne tête. Mais Zéphyr était le fils du maire de la petite bourgade. Il était bien nourri et surtout, bien protégé contre les fonctionnaires trop zélés !

Après un voyage long et pénible, Basile est arrivé en France, plus exactement dans la Creuse, dans un petit village appelé Saint Dolant. Il n'était pas encore Grain de café et ne connaissait pas ce saint, mais son nom ne le rassura pas. La séparation d'avec sa grand-mère, la traversée en bateau qui n'avait cessé de tanguer, la perspective d'un pays et de gens inconnus, tout cela le laissait bien dolent, lui-même. Lui qui n'avait toujours connu que le ciel d'un bleu d'azur regardait les nuages noirs à l'horizon, et cela ne lui disait rien de bon. La chaleur du soleil et le sourire de sa Mama Kouré lui manquaient et il tremblait autant de peur que de froid.

Il n'était pas le seul. Comme lui, une cinquantaine d'enfants plus ou moins jeunes avaient quitté leur famille pour ce nouveau monde. Durant le trajet, il s'était rapproché de l'un d'eux, natif de son quartier. Pourtant, ils s'appréciaient peu autrefois, là-bas. Contrairement à lui, Cornélius était grand, costaud et toujours prêt à chercher la bagarre. Basile le fuyait autant que possible, chacune de leurs rencontres se soldant par des ecchymoses. Mais le malheur ça unit, et les ennemis d'hier devenus inséparables, s'étaient consolés mutuellement. En posant le pied sur le sol français, ils seraient sans doute séparés, et cela ajoutait à leur angoisse commune. Mais la chance leur avait souri, ils avaient été envoyés dans deux villages limitrophes et espéraient avoir l'occasion de se revoir.

Il n'était cependant pas au bout de ses peines, une fois « livré » dans la ferme de sa nouvelle famille. Si sa petite taille et son regard craintif avaient attendri la femme, ils avaient grandement déplu au mari. Le couple n'avait eu qu'un fils, Armand, mort de tuberculose à huit ans, l'âge de Basile. Comprenant le désarroi du garçon, Jacqueline l'avait aussitôt pris en affection. Mais Bréhaut qui reprochait à sa femme d'être un ventre stérile incapable de lui donner un solide gaillard à qui transmettre le patrimoine, ne l'entendait pas de cette oreille. Qu'elle s'entiche d'un « moricaud » le mettait hors de lui. Bien nourri et cajolé par l'une, détesté par l'autre, celui qui était désormais Grain de Café vivait donc constamment entre les caresses et les coups. Et il y allait fort, le Robert, quand l'alcool se mêlait à sa rage ! Il se vengeait sur tout, et gare à ce qui était à portée de ses mains. Il avait le verre mauvais et lorsqu'il appelait l'enfant dans le moulin attenant à la ferme, il lui criait :

- Grain de Café, viens ici, je vais te moudre avec la farine et tu seras tout blanc !

Si Basile avait le malheur de le rejoindre malgré les protestations de Jacqueline, il frappait, frappait, et si elle intervenait, il s'en prenait à elle avec encore plus de violence.

Mais le temps est un justicier qui faisait grandir Grain de Café et sa haine, tandis que le vieux déclinait. Au fil des ans, les querelles se raréfiaient, malgré bien sûr quelques sursauts de colère, et l'on entendait alors le moulin résonner de son cri furieux, « Grain de Café, viens ici, je vais te moudre ! ». Cependant, Basile n'était plus un enfant et grâce à la bonne cuisine de « maman Jacqueline », surnom qu'il ne lui donnait qu'en cachette, il avait bien poussé et pris des forces. Les menaces l'impressionnaient moins et le paysan baissait parfois les yeux devant son regard noir.

De temps en temps, Cornélius qui vivait non loin de là, venait le voir. Avec l'âge, il était devenu une vraie force de la nature et, en sa présence, le vieux se faisait plus doux. Il l'acceptait même à sa table, demandant à sa femme de rajouter un couvert à chacune de ses visites. En ces rares occasions, Grain de Café prenait ses repas avec eux car, d'ordinaire, on ne voulait pas de lui. Pour quelques heures, la sombre demeure résonnait des douces mélopées du passé. Les larmes aux yeux, les deux exilés rêvaient du jour où ils retourneraient enfin dans leur île et retrouveraient leur famille. Mama Kouré était très vieille et Basile tremblait à l'idée de ne plus jamais la revoir. Pour chasser leur tristesse, Jacqueline leur servait un café parfumé au rhum qu'elle achetait en cachette chez l'épicier et conservait dans un endroit secret, à l'écart de la convoitise de son mari.

Un dimanche particulièrement orageux, Bréhaut ayant bu plus que de coutume, décida, malgré les supplications de sa femme, d'aller au moulin. Là, pris d'un accès de folie, il grimpa sur le toit et lança sa phrase préférée : « Grain de Café, viens ici, je vais te moudre ! ». Basile l'avait suivi. A sa vue, le vieil ivrogne redoubla de fureur. Le vent soufflait en rafales, à chaque bourrasque il tanguait dangereusement sur les tuiles rendues glissantes par la pluie battante. Alertée par ses cris et voyant son homme en mauvaise posture, Jacqueline appela les pompiers. Une fois sur les lieux, ils déployèrent la grande échelle et tentèrent en vain de raisonner le vieux fou et de le convaincre de les rejoindre. Chaque essai se soldait par des vociférations. Pire encore, il menaçait de casser la bouteille dont il continuait à s'abreuver, sur la tête du premier qui s'aviserait à s'approcher de lui. Malgré toutes leurs tentatives, le Robert s'entêtait à rester sur son toit et la situation devenait critique.

Poussé par la curiosité, tout le village fut bientôt au pied du moulin. Certains voisins, dans un état d'ébriété proche de celui du meunier, hurlaient des moqueries et s'esclaffaient en le voyant tituber à dix mètres au-dessus de leur tête. Devant un public partagé entre les rires et l'angoisse, le forcené redoublait de pitreries. Soudain, il glissa et dans un cri où se mêlaient la rage et l'impuissance, il exécuta une pirouette digne des meilleurs spectacles de cirque et vint s'écraser sur le sol.

Un grand silence suivit le drame et chacun s'enfuit, laissant Jacqueline en état de choc devant la dépouille de son homme. Les pompiers emportèrent le corps. L'enterrement eut lieu deux jours plus tard et Basile réconforta de son mieux sa patronne devenue veuve. Au village, tout le monde s'interrogeait sur la prise en charge de l'exploitation. Certains même échafaudaient des plans grotesques.

Jusqu'au décès de leur fils, Bréhaut avait été un bon mari. Mais il s'était montré bien trop violent par la suite pour que Jacqueline le pleure longtemps. Un matin, les gens alentours eurent la surprise de voir sur le porche de la ferme une pancarte annonçant sa vente, celle du moulin, des dépendances et du bétail ainsi que le nom du nouveau propriétaire, un groupe agricole d'un autre canton. Elle avait tenu à ce que les tractations restent secrètes car elle n'entendait donner aucune satisfaction aux mauvaises langues, ni céder son bien à quelqu'un du coin pour une bouchée de pain. Ils étaient bien trop rapaces. Elle voulait en tirer un maximum de profit et réaliser son projet.

Quelques semaines plus tard, c'est donc riche d'un bon pécule qu'elle s'envola avec Cornélius et Basile, vers cette île colorée et parfumée dont ils lui avaient tant parlé et qui l'avait si souvent fait rêver. Là-bas, ils retrouvèrent Mama Kouré, vieillie mais en bonne forme, et, avec l'argent gagné, Jacqueline acheta une petite plantation.

L'année suivante, une mairie de la Creuse reçut une étrange caisse venue de loin, à l'intention de ses administrés. Elle dégageait un agréable parfum et, une fois ouverte, les habitants y découvrirent avec stupéfaction plusieurs paquets de petits grains noirs. Gravée en lettres d'or sur fond marron, on pouvait lire sur chacun d'eux l'inscription suivante :

« Grain de Café, la Force des Iles! »

Résidence des Glycines
Venville
le 17 mars

Cher Papa,

Tu es bien fâché à ce que je vois, puisque tu ne m'écris pas. Et tu ne réponds même pas au téléphone ni au message que je t'ai laissé… Heureusement que Jacques et Jocelyne me donnent de tes nouvelles ! Je sais donc que tu vas bien.

J'ai enfin une voiture, c'est une bonne chose pour moi, car ça me donne plus de liberté pour venir te voir. Je passerai lundi prochain à 15 heures, j'espère que nous pourrons enfin parler sereinement. J'ai été un peu brutale dans mes propos en te quittant. Mais j'étais à bout. La mort de Pierre, l'attitude de sa famille à mon égard, ce retour à la maison après toutes ces années, j'étais usée. Ma vie était en lambeaux, j'avais l'impression d'être tombée dans un précipice et toi tu t'es montré si dur…

Je sais que je t'ai déçue, que tu espérais que je fasse des études, que j'aie une carrière brillante et, au lieu de ça, j'ai tout lâché pour suivre un homme. Maman, elle, ne m'a jamais fait de reproches. Elle aussi avait rêvé d'une autre vie pour moi mais elle voulait surtout que je sois heureuse. Et crois-moi, pas un jour je n'ai regretté ma vie avec Pierre. C'était difficile, on devait souvent se serrer la ceinture à la fin du mois mais on s'aimait tant…

La seule ombre dans notre existence, c'est de ne pas avoir eu d'enfant. Je suis certaine que sinon, les Nicout ne m'auraient pas mise à la porte comme ça ! Mais pour eux, j'ai toujours été une étrangère, une bourgeoise venue de la ville jouer à la fermière, un fardeau même pas capable de leur donner un petit-fils. S'ils avaient su combien cela m'a rendue malheureuse, peut-être qu'ils auraient été plus indulgents. Ils auraient compris que ce n'était pas ma faute. Pourtant, j'ai tout fait pour le cacher et malgré leur attitude, je n'ai pas eu le cœur de le leur révéler. Il vaut mieux qu'ils me haïssent. D'ailleurs, ils n'auraient jamais accepté ça de leur fils…

Cette fois, je ne vais pas te raconter une histoire, je n'en ai pas le courage aujourd'hui. Evoquer tout cela, m'a rendue trop triste. Pourtant, j'en connais tant maintenant ! A croire que les gens d'ici m'attendaient pour me raconter leur vie ou leurs soucis… Mais peut-

être que cela piquera ta curiosité et que tu vas enfin me répondre...

Je t'embrasse,

Jeanne

Résidence des Glycines
Venville
3 avril

Cher Papa,

Toujours aucune nouvelle de ta part…

J'aurais aimé avoir un peu plus de constance dans ma résolution de ne plus t'écrire, rester plus ferme dans ma décision d'attendre une réponse de ta part avant de te recontacter. Mais, comme tu vois, je n'y arrive pas.

Je voudrais tellement que nous redevenions une famille, unie comme lorsque nous étions enfants autour de Maman et toi, que nous nous retrouvions avec joie certains dimanches et que nous partagions de beaux moments de complicité. Mais tu restes froid à toutes mes sollicitations, comme si tu m'avais bannie de ta vie. Pourquoi es-tu si dur ? Si je réfléchis un peu, je vois que même mon frère et ma sœur, qui ont pourtant suivi des trajectoires plus brillantes que la mienne et plus conformes à tes aspirations, ne trouvent pas davantage grâce à tes yeux. Qu'est-ce qui t'a donc rendu si insensible ? Nous sommes tes enfants. Pourquoi es-tu incapable de nous montrer un peu de tendresse ? Tout cela me perturbe…

J'espère avoir un jour une réponse à toutes ces questions. En attendant, une simple lettre de ta part me remplirait de joie. Et comme je ne peux m'en empêcher, je t'envoie une nouvelle anecdote. Décidément, les habitants de ma Résidence ont vécu des choses incroyables ! Parfois, je me dis qu'à côté de ça, ma petite vie est plutôt étriquée. Pourtant, moi-aussi j'ai connu des moments difficiles et même sombres. Mais je ne veux pas t'ennuyer avec mes souvenirs tristes, puisque de toute façon ils ne t'intéressent pas. Je veux au contraire te faire sourire. J'espère donc que tu apprécieras cette histoire dont tu as peut-être entendu parler…

Réponds-moi vite, mais je passerai te voir bientôt. Rassure-toi, je préviendrai ton infirmière de ma venue.

Ta fille qui t'aime,

Jeanne

SAUVE QUI PEUT !

Quand j'étais enfant, mes parents avaient une ferme à cinq kilomètres de la côte. J'avais six ans quand la guerre a éclaté. Mon père a été mobilisé et il est parti avec son régiment combattre les Allemands en Moselle. Quelque temps après son départ, on a appris que sa compagnie avait été vaincue et qu'il était prisonnier dans un camp de l'autre côté du Rhin. Parfois, on recevait des nouvelles, une petite lettre qui arrivait déjà ouverte, où il nous rassurait sur son sort.

Mon père s'inquiétait beaucoup. Quand il nous avait quittés, maman était enceinte et il n'a pas vu Elisabeth naître. Sa vie n'était pas facile là-bas, mais la nôtre non plus et il avait peur pour nous. Sans doute que ses gardes lui donnaient une idée de ce que nous devions subir en raison de l'Occupation car, depuis que les Allemands s'étaient établis au village, c'était un peu plus compliqué. Comme la maison de grand-mère avait été réquisitionnée, elle était venue chez nous et elle nous a bien aidés, enfin, surtout maman au moment de l'accouchement. C'est vrai qu'à part moi il n'y avait plus d'homme à la maison et deux bras en plus ce n'était pas trop pour s'occuper des bêtes, je veux dire celles que l'occupant avait bien voulu nous laisser ! Parce que les Boches comme on les appelait, ils prenaient tout, sans s'occuper de comment on pourrait se débrouiller après ça. C'était la « réquisition » et on n'entendait plus que ce mot-là. Dès qu'un veau ou un agneau naissait quelque part, c'était pour eux, et on avait juste le droit de se taire et de les regarder partir avec le bétail.

A nous, ils ont « réquisitionné » Vaillant, notre cheval qui nous rendait tant de services en tirant la charrette ou pour labourer le champ derrière la ferme, le cochon et les poules aussi. Et ça ne leur a pas suffi. Ils nous ont même pris la voiture dont papa était si fier et que maman avait appris à conduire. De toute façon, on n'avait plus d'essence non plus, mais quand même, ça m'a fait de la peine de les voir l'emporter. Ils en avaient plus besoin que nous qu'ils ont dit et ils s'en fichaient si maman pleurait en tenant son gros ventre. Même que ça a fait rire le sergent qui les accompagnait. Si j'avais été plus grand, je vous jure que je lui aurais bien planté ma fourche à son ventre à lui à celui-là et que je lui aurais appris à rire moi-aussi ! Et malgré les années passées, je serais encore capable de reconnaître son visage à ce salaud…

Mais maman était courageuse et maline. Finalement,

nous ne nous en sortions pas trop mal, par rapport à tant d'autres pauvres gens. Quand elle a vu que les Allemands vidaient les fermes alentours et s'approchaient de chez nous, elle a compris qu'ils allaient tout nous prendre. Alors, elle a mis des poussins dans une lessiveuse et l'a cachée au grenier. Puis, elle a fait boire un demi-litre de calva à Pâquerette, notre plus jeune vache, et elle l'a amenée dans le bois derrière la grange. La pauvre était si bourrée qu'elle a dormi tout le temps que le Sergent Heinrich nous spoliait. De toute façon, même s'il avait voulu aller voir plus loin, il n'aurait pas pu. Bosco, notre chien, grognait et montrait les crocs dès qu'il s'aventurait dans cette direction et il faut croire qu'il n'était courageux que pour dépouiller deux femmes et un enfant. Oh, il a bien menacé de le tuer en brandissant son pistolet, mais il s'est contenté de repartir en nous gratifiant d'un « scheise Franzosen » auquel j'ai tiré la langue, une fois qu'il avait tourné le dos ! Quand Pâquerette s'est réveillée et qu'elle a commencé à meugler, il était déjà bien loin, et c'est nous qui avons ri ! Maman a quand même donné le lait au chien, car elle n'avait pas confiance pour nous. Elle avait tort, il était bon, je l'ai goûté en douce…

Quelque temps après, Bernard nous a rejoints. C'est mon cousin parisien. Ma tante Lucette avait peur pour lui et nous l'a envoyé. Il faut dire qu'elle espérait que chez nous il serait mieux nourri vu que là-bas, ils avaient des tickets de rationnement pour tout et parfois, elle faisait la queue des heures devant un magasin, et quand son tour arrivait enfin, il n'y avait plus rien.

On s'amusait bien avec Bernard. On jouait dans la cour le soir après les devoirs, parce qu'il avait été scolarisé au village. Souvent, on courait dans les champs ou les bois avec tous les autres gosses, on jouait aux billes, on tirait les nattes des filles, on oubliait presque qu'on n'était plus tout à fait chez nous. Maman n'avait pas trop le temps de nous surveiller entre le bébé et les travaux à la ferme, mais bien sûr, elle n'aimait pas nous voir nous approcher des lieux où vivaient les occupants. Nous au contraire, on aimait bien les observer, on les singeait quand ils ne nous voyaient pas. On se cachait dans les fossés quand ils se déplaçaient et on les comptait. On leur donnait des noms improbables avec un fort accent allemand. Je me souviens qu'il y en avait qu'on appelait « le cochon » tellement il était gras, on prononçait « le gogeon » et ça nous faisait rire. Parfois, on grimpait dans le marronnier devant la façade de la Kommandantur et, cachés derrière le feuillage, on restait un bon moment à les regarder aller et venir et s'agiter.

Un soir, on a fait quelque chose de fou. C'était en juillet, il faisait très chaud et il y avait une fenêtre ouverte dans le bâtiment. Une des branches du marronnier face au bâtiment touchait presque son rebord, alors, je ne sais pas ce qui m'a pris, mais je me suis laissé glisser jusque-là et je suis entré dans la pièce. Heureusement, elle était vide ! Bernard m'a suivi. On a fait le tour de la salle sur la pointe des pieds. Il y avait un canapé et un fauteuil dans un coin et une grande bibliothèque remplie de livres et de dossiers. Et aussi un bureau sur lequel se trouvaient divers papiers et une carte. Dans un cendrier, il y avait un cigare allumé. La tentation était trop forte, j'ai aspiré une grosse bouffée âcre qui m'a fait tousser. J'avais des larmes plein les yeux et j'ai lâché le cigare. De la cendre est tombée sur un des documents qui s'est aussitôt enflammé. Pris de panique, Bernard a sauté par la fenêtre et s'est accroché à la branche pour se sauver. Je m'apprêtais à le faire quand je ne sais pas pourquoi, j'ai attrapé la carte, je l'ai coincée dans ma culotte, on n'appelait pas encore ça un short, j'ai sauté dans l'arbre et détalé à mon tour.

Nous avions à peine atteint le coin de la rue que des cris perçants ont fusé en provenance du bâtiment. Nous avons regardé en arrière, il y avait une lueur rouge à la fenêtre et des flammes n'ont pas tardé à en jaillir. Nous avons repris notre course. Nous étions devant l'église quand nous avons vu de loin les pompiers qui accouraient. Le Père Larget est sorti à ce moment-là, sans doute attiré par le bruit. Il nous a vus et a compris à nos mines que quelque chose de grave s'était produit. Nous étions des gamins, plus souvent occupés à faire des bêtises qu'à fréquenter le confessionnal, mais nous étions des enfants dans une époque peu incline à l'indulgence. Il n'était pas question de nous laisser dans la rue en bute aux questionnements de l'ennemi. Il nous a fait entrer en vitesse.

Nous étions si paniqués par ce qui venait de se passer qu'il n'a pas réussi tout de suite à nous tirer les vers du nez. Mais, une fois calmé, je lui ai montré la carte que j'avais dérobée et il a paru très intéressé. Il se frottait le menton en répétant « tiens, tiens… ».

Nous ne le savions pas, mais ce brave curé faisait partie de la Résistance. Il avait plusieurs faits à son actif et le sauvetage de quelques juifs aussi. Une fois sa surprise passée, il a mis un gilet par-dessus sa soutane et nous a ordonné de rester tranquilles jusqu'à son retour. Il nous a confiés à Germaine, sa sœur et gouvernante. Elle nous a ouvert leur modeste garde-manger et nous a offert un peu de pain et de fromage, puis, elle nous a dit de nous coucher sur le canapé. Les émotions nous avaient anéantis, nous nous sommes endormis aussitôt. Pendant ce temps, le Père Larget est allé prévenir ma mère que nous étions à l'abri. Et pour déambuler sans attirer l'attention des Allemands, il avait pris soin d'emporter son écharpe rituelle et une fiole d'eau bénite. Seule une extrême onction pouvait l'excuser de braver ainsi le couvre-feu ! Et bien sûr, il est vite allé remettre le précieux document à son frère, lui aussi engagé dans la Résistance…

L'incendie fut maîtrisé rapidement. Le lendemain, comme tous les villageois, Bernard et moi sommes allés voir les dégâts. Il y avait juste des traces de suie à la fenêtre que nous avions escaladée et les volets étaient un peu noircis. C'était dommage, je pense que nombreux étaient ceux qui auraient aimé voir disparaître sous les flammes la belle propriété du Maire que ce dernier s'était empressé de mettre à la disposition de l'armée occupante. Plus tard, quand la guerre a fini et que les Allemands sont partis, on a appris qu'il était à l'origine de plusieurs arrestations, dans son zèle de bien servir les « nouvelles autorités du pays », comme il aimait les désigner. Mais la canaille s'en sort toujours et comme il n'y avait pas vraiment de preuves, il n'a pas été inquiété. N'empêche, si le domaine avait brûlé entièrement, ça n'aurait été que justice, mais les Allemands ont vite réparé les dégâts et maintenant encore, la bâtisse a fière allure.

Il n'y a pas eu de représailles sur la population à la suite de l'incendie. On l'a sans doute attribué à une négligence. Mais chez l'ennemi, des têtes ont sauté. Un nouveau Commandant a pris en charge la garnison et le Sergent Heinrich est parti sur le front russe. Je suppose que les documents perdus devaient avoir une réelle importance. Du moins, j'ai plaisir à penser qu'ils ont pu aider la Résistance et que modestement j'y ai pris ma part.

Quelques mois après, les troupes alliées ont débarqué et on a dit au revoir aux soldats ennemis. A la Libération, le Père Larget, son frère et tout leur réseau ont été décorés de la Légion d'Honneur. Le brave curé avait tenu à ce que nous soyons présents, mon cousin et moi. Nous avons même rencontré le Général De Gaulle à cette occasion. En nous apercevant, il nous a tapoté la joue en disant « voilà donc les deux chenapans de la France !». Je n'ai jamais pu oublier cet instant, ni l'émotion que j'ai ressentie ce jour-là et que j'éprouve encore en y pensant.

Ce surnom nous est resté à Bernard et à moi. Longtemps, nous en avons ri à chaque fois que nous nous retrouvions. Lorsqu'il est mort, le journal local a titré « Un Chenapan de la France nous a quittés ». Cela m'a ému.

Je ne tire aucune fierté de mon acte. Il n'était pas héroïque, c'était une bêtise de gamin qui a peut-être eu une utilité. Pourtant, j'avoue que quand je partirai à mon tour, j'aimerais avoir moi-aussi droit à ce titre, en souvenir de cette époque particulière.

Résidence des Glycines
Venville
le 15 avril

Cher Papa,

J'ai été très déçue de ne pas te trouver chez toi lundi. J'avais pourtant annoncé ma venue. J'espère que tu as reçu mon dernier courrier car, il y a toujours ce silence entre nous et pas de lettre de toi, cela m'inquiète.

Pourquoi est-ce que tu ne réponds pas ? Tu veux me punir de t'avoir dit tout ce que je ressens ? Tu crois que je vais te demander pardon, comme quand j'étais petite, lorsque je ne faisais pas exactement tout comme tu le souhaitais ? Et bien non ! Je ne vais pas m'excuser de te trouver dur et égoïste, insensible au malheur des autres, même à celui de ta propre fille.

Il y a beaucoup de gens qui souffrent, je ne vais bien sûr pas me comparer à certaines grandes misères, mais en tant que père, crois-tu agir au mieux ? Durant les quelques jours où je suis restée avec toi, tu n'as pas cessé de te plaindre alors que tu devrais t'estimer heureux d'avoir échappé à la mort et d'avoir les moyens financiers de te soigner correctement afin de retrouver tes pleines capacités. Mais pour moi, tu n'as eu aucune parole de consolation. Je ne suis pas l'enfant prodige, loin de là, mais un peu de compassion et de tendresse, j'y avais droit !

Hier, j'ai croisé par hasard François, le fils de Jeannot ton ancien contremaître. Celui que tu as renvoyé après vingt-cinq ans de bons et loyaux services au sein de ton entreprise. « L'infâme », comme tu l'appelais, avait osé défier ton autorité alors que tu avais augmenté les cadences et réduit les salaires. Et quand Sandrine Mayot a eu son accident du travail et que tu t'es arrangé pour que cela passe pour une faute afin de ne pas l'indemniser, il a défendu les employés en grève. Ce renvoi et ton intransigeance l'ont tellement affecté qu'il est tombé malade et est mort quelques mois plus tard. Quand maman m'a appris ça, j'en ai été bien triste. Je ne pouvais croire que toute cette histoire ait précipité son décès, mais quand je vois ton peu d'empressement à mon égard et ta froideur, je commence à penser qu'hélas, c'est peut-être la vérité...

François aimait beaucoup son père et je ne savais comment me comporter. Contrairement à moi, il a fait de belles études et il est avocat à Caen, spécialisé dans le droit du travail. Je suis certaine que le sort de son père n'est pas étranger à ce choix. Mais il a été aimable, il sait bien que je ne suis pas responsable de ta conception du travail qui frise l'esclavagisme. Il a même paru navré que toi et moi soyons en si mauvais termes. Un comble ! Pourtant, il m'a semblé sincère et m'a même proposé qu'on se revoie prochainement.

J'aimerais que tu me répondes enfin, même si je ne vais pas te supplier éternellement. Je t'envoie tout de même une jolie histoire que m'a racontée Madame Alice. Elle la tient de son fils qui a fait partie d'un organisme humanitaire en Afrique.

Je t'embrasse,

Jeanne

LE LONG CHEMIN DE SUNILA

En 2011, il y a eu une terrible crise alimentaire en Afrique. Xavier, mon fils, faisait partie des Médecins sans Frontière et il a été envoyé en Somalie, dans la province de Bankool. C'était risqué, parce que l'endroit est proche des territoires contrôlés par des groupes armés très dangereux. Inutile de dire que tout le temps qu'a duré sa mission, je n'ai cessé d'être inquiète.

Ce n'était pas la première fois qu'il partait, mais, jamais m'a-t-il dit à son retour, il n'avait vu autant de misère, de gens décharnés et agonisants. Tous les jours, il voyait arriver au camp des femmes portant dans leurs bras un enfant si maigre qu'il faisait peine à voir. Elles-mêmes étaient si épuisées qu'elles n'avaient même plus la force de chasser les mouches sur le visage de leur petit. Le flot incessant ne tarissait pas, bien qu'hélas, beaucoup n'arrivaient que pour mourir. La sécheresse et la guerre civile ont fait des milliers de morts, cette année-là.

Un jour, alors qu'il était en train d'essayer de sauver tous ces pauvres gens, il a vu avancer un jeune homme poussant une brouette dans laquelle gisait un vieux monsieur très mal en point. Le garçon était maigre, mais il émanait de lui une force que n'avaient plus la plupart des réfugiés qui peuplaient le camp. Dans un français presque correct, il a demandé de l'aide pour son père. Ce dernier a aussitôt été pris en charge par deux infirmiers qui l'ont porté sous une tente et, après l'avoir déposé avec précaution sur un lit, lui ont donné les premiers soins. Son fils l'a suivi et est resté avec lui, jusqu'à ce qu'il reprenne connaissance. Ce n'est qu'à ce moment, qu'il a accepté de s'alimenter un peu.

Quand il a eu un peu de temps libre, Xavier est venu dans la tente et a interrogé le garçon. D'une voix douce et posée, ce dernier a expliqué qu'il venait d'Ethiopie où là-aussi la famine était extrême. Lui et son père avaient pu survivre un temps, grâce à leur petite ferme, même si leurs deux chèvres donnaient peu de lait, vu le peu d'herbe sèche qui leur restait. Ils avaient aussi une petite réserve de manioc et de sorgho, cela avait suffi à les maintenir un peu. Un jour, les soldats étaient venus et avaient emporté leur maigre bien. En partant, ils avaient mis le feu à la maison et à la grange et tué sa mère. Ils avaient battu son père qui avait tenté de s'interposer et s'en étaient allés en le croyant mort également. Lui, il n'était pas là, il était allé voir s'il trouvait un peu d'eau au puits et quand en revenant il avait vu les flammes, il s'était caché en faisant un trou dans le sable. Une fois les soldats à bonne distance, il s'est précipité chez lui. Il ne pouvait plus rien faire pour sa mère, dit-il les larmes aux yeux, mais son père avait peut-être une chance de survivre, il l'a posé dans la brouette et a marché jusqu'à trouver de l'aide, autant que ses forces le lui permettaient.

A fur et à mesure qu'il l'écoutait, Xavier était intrigué par la voix douce et la physionomie du garçon. C'est vrai que dans son pays, les personnes ont les traits fins. Ne dit-on pas que c'est celui de la Reine de Saba, qui en son temps, était d'une rare beauté ? Devant son regard scrutateur, le jeune homme semblait gêné. A la fin, il s'est tu, prétextant la fatigue, et mon fils est sorti s'occuper d'autres malades.

Le lendemain, il est passé brièvement voir le père du garçon. Son état était préoccupant. La malnutrition et les blessures l'avaient bien trop affaibli. Pendant qu'il parlait, le jeune homme semblait fuir son regard. Il se contentait de hocher la tête, pour montrer qu'il comprenait, tout en baissant convulsivement la visière de sa casquette. Xavier ne comprenait pas cette gêne, mais il l'a mise sur un état de choc après de si rudes événements et a demandé à une de ses collègues de s'occuper du vieil homme, car son fils ne semblait pas apprécier sa présence. Elle l'a regardé avec de grands yeux puis, elle a éclaté de rire.

- Voyons, Xavier, je te pensais plus perspicace ! Le garçon dont tu parles, c'est... une jeune fille !

Mon fils n'en croyait pas ses oreilles !

- Une jeune fille ? Tu es sûre ? a-t-il insisté. Parce qu'avec ses vêtements et ses cheveux courts, ça n'en a pas l'air.

- Mais bien sûr que si ! Et c'est bien pour ça qu'elle a pu faire tout ce chemin sans trop de problèmes. Elle marchait le plus souvent la nuit et le jour, elle restait cachée à l'ombre d'un buisson. Elle a même pu échapper à une patrouille de soldats. S'ils avaient remarqué qu'elle était une fille, ils l'auraient violée à coup sûr et sans doute égorgée après. Mais elle s'est mise à boiter devant eux et ils se sont juste moqués de sa dégaine. Ils n'en ont même pas voulu pour compléter leur milice. C'est dire si elle est maline... Et toi tu n'as rien vu !

- Ben... non !

- Et pour ton info, elle s'appelle Sunila.

Quand il a pu se libérer, Xavier est allé dans la tente où se trouvaient la jeune fille et son père. Il s'est excusé de l'avoir tant questionnée et de l'avoir gênée. Elle a souri et l'a remercié des soins pratiqués à son père qui se remettait doucement. Elle-même avait meilleure mine. Elle avait dormi et repris des forces grâce à la nourriture distribuée dans le camp.

Durant tout le temps qu'a duré sa mission, Xavier et Sunila ont fait plus ample connaissance. Il a appris qu'elle espérait faire des études d'infirmière avant que le pays ne soit en proie aux factions ennemies et à la famine. Elle lui a aussi décrit son chemin jusqu'au camp, les nuits d'angoisse à marcher dans le noir, le rationnement de sa maigre réserve d'eau, la peur d'être surprise par les militaires ou de voir son père mourir avant d'arriver à bon port, la faim et la soif qui la torturaient, cette rage d'avancer qui la maintenait en vie et le soulagement quand elle a vu de loin, les grilles et les drapeaux de la Croix Rouge.

- Mais pourquoi être venue jusqu'en Somalie ? Il y a des centres humanitaires chez vous aussi.

- Nous vivions près de la frontière et j'ai dû faire attention aux patrouilles de militaires. J'ai sans doute perdu mon chemin à un moment. J'ai marché deux jours avant de traverser un village. C'est là que j'ai appris que j'avais passé la limite et qu'on m'a indiqué la direction jusqu'ici.

Xavier était de plus en plus admiratif face à son courage. Quand il a dû rentrer en France, il a promis de ne pas l'oublier et de tout faire pour l'aider. Et il a tenu promesse. Quelques semaines après, il est retourné en Somalie avec dans ses bagages un document attestant de leur statut de réfugiés. Il avait dû batailler pour l'obtenir, mais il avait fait jouer la fuite de la jeune fille, l'assassinat de sa mère et surtout, son passage en Somalie sans autorisation. Elle risquait la prison, il a obtenu gain de cause. Entre temps, Sunila et son père avaient été transférés dans un autre camp et après plusieurs jours de recherches il les a retrouvés. C'est ainsi qu'il a pu les ramener chez nous.

Vous vous doutez bien que l'histoire ne s'arrête pas là. Mon Xavier a continué à veiller sur ses deux protégés, au point qu'il est tombé amoureux. Il faut dire que Sunila est une vraie beauté. Et gentille avec ça ! Finalement, ils se sont mariés l'année dernière et mon fils a pris un poste à l'hôpital de Caen. Elle pensait s'inscrire pour des cours d'infirmière, mais elle a changé d'avis. Elle a été tellement éblouie par le vert de nos campagnes, qu'elle projette de devenir paysagiste. Quand je lui demande si elle ne regrette pas le soleil et la chaleur de son pays, elle éclate de rire.

- Mais chez moi il ne pleut jamais ! Vous ne vous rendez pas compte de la chance que vous avez de ne jamais manquer d'eau ! C'est un cadeau du ciel et moi, je veux pouvoir en profiter jusqu'à la fin de mes jours.

Voilà. Le long chemin de Sunila l'a menée jusqu'à notre Normandie. Vous vous rendez compte ? Et en plus elle adore la pluie ! Mais pour Xavier et moi, c'est un vrai rayon de soleil et j'ai hâte de faire sauter sur mes genoux des petits-enfants aussi beaux et souriants que leur maman !

Résidence des Glycines
Venville
le 28 avril

Cher Papa,

Je suis toujours sans nouvelles et cela me chagrine. Tu pourrais faire un effort et m'écrire ! J'ai bien failli venir te surprendre au saut du lit lundi dernier. Mais finalement, j'y ai renoncé. Je ne viendrai te voir que lorsque tu te décideras à me répondre.

Je ne comprends pas bien ton attitude et ton mutisme. Que t'ai-je fait pour que tu me boudes ainsi ? Même lorsque je vivais avec Pierre, jamais je n'ai manqué de prendre de tes nouvelles dans mes lettres à Maman. Jamais je n'ai oublié ta fête ni ton anniversaire, alors que toi tu ne m'as pas écrit une seule fois en presque vingt ans. C'était toujours elle qui me répondait. Et ses lettres se terminaient invariablement pas « ton Père pense à toi et t'embrasse ». J'en viens à croire que c'était faux, que tu n'as jamais eu une pensée pour moi et qu'elle faisait ça pour que je ne sois pas peinée.

Chaque fois que nous sommes venus te voir Pierre et moi, tu te montrais distant, à la limite de l'indifférence et de la grossièreté. Tu te moquais de mon apparence que tu trouvais négligée.

En parlant de ça, un souvenir me revient et qui remonte à mon enfance, celui d'un jour où j'ai aidé maman à faire le ménage. La « domestique » comme tu l'appelais, avait eu l'audace de prendre un samedi de congé pour marier son fils... Je n'étais qu'une enfant, mais le ton cinglant que tu avais employé en me regardant m'a marquée :

- *Tiens donc, as-tu lancé en me regardant, toi aussi tu aimes les tabliers à carreaux ?*

Ce n'était pas la première fois que je t'entendais pester contre ce vêtement. Je me souviens t'avoir dit que le mien était à pois. J'ai ajouté :

- *Certains sont allergiques aux fruits rouges et toi aux blouses de travail, alors que tous tes ouvriers en portent.*

Cela m'a fait rire. Mais toi, cela t'a mis encore plus en colère. Tu es parti en claquant la porte, et Maman et moi nous sommes regardées sans comprendre ton attitude.

Pierre et moi sommes venus auelques fois, mais il n'était

pas question que tu changes tes habitudes pour nous et jamais tu n'as éprouvé le besoin de nous rendre visite. Maman elle, est venue deux fois. Je suppose qu'après, tu l'en as empêchée et qu'elle n'a pas osé te contrarier. Et vers la fin, ses lettres étaient de plus en plus espacées. Elle m'a même demandé de lui écrire chez ma sœur. J'ai compris que ça aussi, tu le lui avais interdit. Et si Jacques et Jocelyne ne m'avaient pas avertie, jamais je n'aurais su qu'elle était malade. Pour la revoir, j'ai dû me cacher et venir en douce à l'hôpital. C'était tellement injuste de nous faire ça !

Quand je suis revenue après le décès de Pierre, j'ai pensé que tu m'accueillerais avec bienveillance vu le malheur qui venait de me frapper. Mais tu as juste fait « ton devoir ». Quel dommage que ni la vie, ni les épreuves ne t'aient adouci !

Je t'envoie l'histoire que m'a confiée Monsieur Gilbert. Il m'a parlé de son père avec une telle émotion que cela m'a fait mal. Jamais nous n'avons connu une telle complicité, une telle tendresse. Peut-être ce récit réussira-t-il à briser ta carapace ?

J'attends toujours une réponse de ta part,

Jeanne

LE COSTUME BLEU

Durant toute son existence, mon père n'a possédé qu'un seul costume, un « habit du dimanche » comme on disait autrefois. Il était bleu et, vers la fin de sa vie, il était vraiment très usé. C'est que tous deux, ils en avaient fait du chemin ensemble !

Mon père l'avait acheté pour son mariage. A l'époque, on s'habillait plutôt en noir, ou tout au plus en gris très sombre. Mais lui, il le voulait bleu, et rien n'a pu lui faire changer d'avis. Et comme il ne trouvait son bonheur dans aucun magasin, il est allé chez un tailleur se le faire faire sur mesure. C'est une vraie folie, lui disait sa mère, et même si ça devait lui coûter une fortune, il n'en démordait pas ! C'est comme ça qu'il vouait être, en bleu, à côté de sa Rosette tout en blanc. Il ne voulait pas ressembler à un pingouin, ni porter le deuil le jour de son mariage. C'était une fête, le début d'une nouvelle vie, celle qu'il entendait construire avec sa fiancée et pas un enterrement. Des cadavres et des cercueils, il en avait assez vu à la guerre. C'est que ça ne rigolait pas dans les tranchées ! Lui, il avait échappé au massacre, il ne savait toujours pas pourquoi Dieu l'avait épargné, mais il avait décidé de le remercier en étant heureux tout le reste de ses jours. Et ça commençait par une noce, la sienne !

Toine n'était pas très riche. Il ne pouvait donc pas se payer un costume neuf à chaque belle occasion. C'est pourquoi, au lendemain de la cérémonie, il l'a rangé dans l'armoire et ne l'a sorti que pour le baptême de son premier enfant. Ma mère m'a raconté de nombreuses fois la fierté qu'il avait à montrer à tous son fils, moi en l'occurrence. Dans son habit de fête, poursuivait-elle, même le roi d'Angleterre n'aurait pas eu plus fière allure !

En grandissant, j'ai eu maintes fois l'occasion de voir cet habit : mariages, baptêmes et même enterrements, le costume bleu était toujours de sortie. Le reste du temps, mon père portait un pantalon marron. En velours l'hiver et l'été en toile. Et par-dessus, une chemise à carreaux. Rosette qui tenait à ce que son mari soit toujours propre, passait son temps à laver les pauvres liquettes de son homme. Toute ma jeunesse, j'ai vu ses mains dans la bassine ou tenant un fer à repasser. Car même pour aller aux champs, mon père mettait tous les matins sa chemise propre et repassée.

Quand j'ai touché mon premier salaire, j'ai acheté plusieurs chemises pour qu'elle puisse espacer les lessives. Et plus tard, je leur ai offert une machine à laver. Maman vieillissait, je ne voulais plus la voir se fatiguer ainsi tous les jours.

Au fil des années, j'ai vu défiler plusieurs pantalons marron, en velours ou en toile, mais le costume bleu, lui, résistait. C'est même devenu un sujet de plaisanterie dans la famille. Parfois, ma mère se fâchait :

- Tout de même, disait-elle, tu pourrais en acheter un autre, nous ne sommes plus aussi pauvres qu'autrefois ! On en trouve à tous les prix maintenant et même par correspondance. Et puis, il n'est plus à la mode…

Mais Toine tenait bon. Son costume, il avait sué sang et eau pour l'acheter. Il s'était promis de le garder toute sa vie. Et si l'on comptait les fois où il l'avait porté, il était loin d'être rentabilisé !

Même pour mon mariage, il l'a porté. Et aussi pour celui de Yolande et de Jean-Claude. Parfois, il avait du mal à le boutonner, ça coinçait un peu à la taille ou aux épaules, mais il n'en démordait pas, il lui allait comme un gant.

Ce costume, je l'ai vu également à une autre occasion et j'en garde un souvenir ému. Quand je suis revenu de la guerre, en 45, mon père est venu à la gare attendre le convoi qui devait me ramener au pays. Comme il ignorait la date exacte de ma libération, je suis resté prisonnier cinq années en stalag, il est venu quatre jours de suite sur le quai, chaque fois dans son fameux costume bleu. Quatre jours d'affilée, il a fait le chemin à pied de la ferme jusqu'à l'arrêt du bus qui l'amenait à la ville. Et pas question de me laisser débarquer tout seul ! Il voulait être là pour le retour de son fils aîné. Les horreurs des combats, il connaissait. Mais cinq années aux mains de l'ennemi, il se disait que ce devait être encore pire. Durant l'occupation, les Allemands, il les avait vus brûler les granges, fusiller des hommes sur la place, embarquer des femmes et des enfants pour on ne savait où. Alors, quand il a su que je rentrais, il s'est mis sur son trente et un pour m'accueillir dignement. Et c'est grâce à ça que je l'ai reconnu, parmi tous les gens venus attendre leur fils, leur père ou leur mari. Il avait vieilli, le costume était devenu même trop grand pour lui, mais il était droit et fier, heureux de me retrouver vivant. Et moi aussi j'étais fier et ému de voir quelle importance il attachait à nos retrouvailles. On s'est serré très fort et on a pleuré.

La dernière fois qu'il a porté ce costume, c'est pour le baptême de Yann, mon petit-fils. Il était vraiment très vieux, mais il avait encore une certaine prestance. Et paradoxalement, son costume lui allait encore bien, il était même redevenu à la mode. Je l'ai ramené chez lui, il était fatigué, et quand on s'est quitté, j'ai ressenti une grande émotion, comme lorsque l'on quitte quelqu'un dont on sait qu'on ne le reverra jamais. Et quand Yolande m'a téléphoné le lendemain pour m'annoncer qu'il était décédé dans la nuit, ça ne m'a presque pas surpris mais ça m'a fait de la peine.

Je l'ai trouvé dans son lit, il paraissait dormir sereinement. Yolande m'a alors montré un petit mot et j'ai reconnu l'écriture maladroite de mon père. Il avait écrit :

« Mes chers enfants, je vous quitte. Je me couche avec l'habit, ça vous fera moins de travail pour me mettre dans la boîte. J'ai eu une belle vie grâce à vous et à votre mère, je crois que le temps est venu de la rejoindre. Adieu, je vous aime. »

Bien sûr, nous l'avons enterré dans son costume. Avant qu'on ferme le cercueil, j'ai découpé un morceau de tissu derrière une poche, pour que ça ne se voie pas. Il n'était pas question de l'abîmer, il y tenait tellement. Mais je voulais garder quelque chose de lui, et ce vêtement, c'était vraiment un symbole, c'était lui, quoi !

Il lui avait porté chance et je crois qu'à part au moment où j'étais prisonnier, il a été heureux.

Ce carré de toile, c'est devenu mon porte bonheur et je le garde précieusement.

Quand je pense à mon père, je le revois toujours dans son costume, ce fameux costume bleu.

Résidence des Glycines
Venville
le 2 mai

Cher Papa,

Tu ne me réponds toujours pas et cela m'attriste profondément.

Cette fois, je serais brève. Et pour répondre aux questions que tu ne me poses pas, je vais bien, je suis contente de mon travail, je me suis fait un joli cercle d'amis et de connaissances. Je suis même allée au cinéma dernièrement en bonne compagnie, des années que cela ne m'était pas arrivé ! Après la séance, nous sommes allés boire un verre et avons débattu du film.

Comme tu vois, malgré ton mutisme et ton indifférence, je reprends goût à la vie.

Je sais par mon frère et ma sœur qui ne me boudent pas, enfin, pas trop, que tu vas mieux. J'en suis heureuse pour toi.

Comme d'habitude, je t'envoie une petite histoire. J'espère qu'elle saura adoucir ta vision du monde et de ses habitants, ceux que la vie a durement frappés mais qui ont su, grâce à une main tendue, retrouver l'espoir. Pour une fois, je n'ai quasiment rien changé au discours de celui qui me l'a racontée. Je te laisse juge.

Je ne te demande pas de me répondre, ça ne sert visiblement à rien, pourtant, j'en serais soulagée. Je veux quand même que tu saches que, contrairement à toi, je me souviens de ma famille et que je m'en préoccupe...

Jeanne

RENAISSANCE

Je m'appelle Jinau-Marie. Un prénom un peu étrange, car il associe le masculin et le féminin. Ma peau est un peu trop sombre pour le pâle soleil de Normandie et mon accent semble toujours bizarre pour les gens d'ici. C'est normal. Je suis né à des centaines de kilomètres de chez vous, sur une île au milieu de l'océan où j'aurais dû mourir un 12 janvier, à 16 heures, 53 minutes et 10 secondes…

Ce jour-là, il faisait beau, le soleil brillait et je m'étais levé de bonne humeur car je devais retrouver mon copain Juvenson. Oui je sais, encore un prénom étrange, mais chez moi, enfin là-bas, parce que maintenant chez moi c'est ici, c'est un prénom courant. On donne souvent les prénoms des grands-parents, car la famille c'est très important, et lui, il a hérité celui du père de son père.

Donc, ce jour-là, j'avais rendez-vous avec mon copain qui devait me donner enfin les figurines de footballeurs qu'il me promettait depuis des semaines. C'est Sœur Antoinette qui les lui avait données, en guise de bons points pour ses bonnes notes et il attendait d'avoir des doubles pour s'en séparer.

Il faut savoir que sur mon île, beaucoup de gens sont pauvres, et maintenant encore plus depuis ce fameux 12 janvier. Et pour les gamins comme moi, les jouets et autres divertissements étaient vraiment très rares. Nous vivions presque toujours dehors, nos maisons étaient plus une notion qu'une véritable habitation, c'étaient à peine des murs et un toit de tôle, lorsque nous avions la chance d'en avoir un. Nous portions des habits fournis par la Croix Rouge ou une organisation humanitaire. Ils étaient souvent trop grands pour nous et nous marchions la plupart du temps pieds nus ou avec des sandales fabriquées avec des morceaux de pneus récupérés.

Malgré cela, je n'étais pas malheureux, car j'avais la chance d'avoir des parents et des frères et même une sœur. Beaucoup d'enfants étaient livrés à eux-mêmes car leur famille était trop pauvre pour les nourrir. Mon père, lui, avait un travail, il déchargeait les caisses reçues du Continent, pour une société de transport. Ses revenus étaient maigres, mais nous permettaient de vivre tous ensemble. Nous étions plus fortunés que tant d'autres.

Certes, nous recevions surtout de l'aide alimentaire et c'étaient les Sœurs, je veux dire des religieuses, qui nous faisaient la classe. Mes parents tenaient à ce que leurs enfants aient de l'instruction et ma mère nous accompagnait tous les jours au dispensaire, pour être certaine que nous ne trainions pas avec les enfants de la rue. Elle espérait que, grâce à l'instruction, nous aurions plus tard une vie meilleure.

Ce fameux 12 janvier, elle était malade, et ne nous avait pas accompagnés à l'école.

Sans cette surveillance, Evens, mon frère aîné, avait décidé de faire l'école buissonnière. Il voulait que je le suive, mais j'ai préféré obéir à mes parents. En fait, j'étais surtout impatient de posséder les figurines. En me quittant devant l'entrée du bâtiment, Evens m'a menacé de toutes les calamités de la terre, si je le dénonçais à notre père. Je n'avais que 7 ans, j'ai eu trop peur et j'ai donc passé la journée en classe, en rêvant à cette liberté que je n'avais pas osé prendre. A 4 heures, quand la cloche a sonné, je suis rentré avec Juvenson, mais j'étais en colère contre lui, car il n'avait pas tenu parole et ne m'avait pas donné les images promises.

Ces vignettes valaient de l'or, elles s'échangeaient contre toutes sortes de choses rares : des billes, des bonbons, des balles pour les plus précieuses, et moi, je n'avais rien de tout ça. Il a bien essayé de me soutirer la médaille argentée que je portais autour du cou, mais elle venait de Mama Maria et ma mère m'aurait arraché les yeux si j'avais préféré la photo d'un Zidane ou d'un Ronaldo au seul souvenir qui nous restait de sa mère. Bien sûr, comme tous les gamins, moi-aussi j'étais fasciné par tous ces champions, je rêvais de devenir comme eux, un sportif riche et célèbre et de vivre dans des endroits magnifiques. Je savais que, de l'autre côté de mon île, dans la partie où on ne pouvait aller, il y avait des hôtels de luxe, avec des lits aux draps blancs sur des matelas moelleux, des salles à manger regorgeant de victuailles que les touristes savouraient sur des tables aux nappes immaculées. Mais de ce côté-ci, il n'y avait que de la misère à chaque coin de rue.

Cette dispute m'avait mis en retard, j'ai quitté mon ami fâché, j'avais hâte de rentrer voir si maman allait mieux et de faire mes devoirs.

Il était 16 heures 50 quand j'ai franchi le seuil de ma pauvre demeure. Maman avait toujours de la fièvre, papa venait de rentrer fatigué lui-aussi, et elle m'a demandé d'aller chercher de l'eau à la fontaine. Ce n'était qu'un filet d'eau qui sortait d'un maigre tuyau, mais il représentait la vie, c'est pour ça qu'on l'appelait de ce nom pompeux. J'étais en train de remplir péniblement une vieille bouteille, quand j'ai entendu un bruit assourdissant et que je me suis retrouvé par terre, sans rien comprendre à ce qui m'arrivait. Des nuages de poussière se sont soulevés, tout tremblait autour de moi, des pierres me tombaient dessus, les gens criaient mais, sous l'effet de la peur et de la surprise, je n'entendais plus rien, j'étais sourd. Il était 16 heures, 53 minutes et 10 secondes et un tremblement de terre d'une magnitude de 7,3 venait de toucher Haïti, faisant 230 000 morts et 220 000 blessés.

Quand la terre a enfin arrêté de bouger, j'ai peu à peu repris mes esprits et j'ai essayé de me relever. Une douleur horrible a transpercé mon corps, ma jambe droite ne répondait plus, elle me faisait affreusement souffrir, je l'ignorais encore, mais j'avais une triple fracture du tibia. J'étais enseveli sous des pierres et des gravats et je n'avais pas la force de me relever. Après l'immense bruit qui avait accompagné la secousse, un étrange silence régnait. J'étais effrayé, je ne comprenais rien à ce qui s'était passé, je ne savais même plus où j'étais. Peu à peu, des pleurs et des lamentations se sont fait entendre. Moi-même, je hurlais de douleur, mais autour de moi, personne ne semblait s'en émouvoir, il y avait trop de gens touchés par la catastrophe.

Je suis resté deux jours sous mon amas de pierres. La chaleur et la soif m'avaient anéanti et je m'étais évanoui. Enfin, un groupe de sauveteurs a pu accéder à mon quartier et m'a découvert. J'ai été transporté dans un hôpital de fortune. J'étais brûlant de fièvre et je délirais. Quand j'ai repris mes esprits, j'avais la jambe plâtrée et j'étais trop faible pour parler. J'ignorais où étaient mes parents, mes frères et ma sœur, je ne savais pas s'ils étaient vivants. Je pleurais tant, que Sœur Antoinette qui maintenant officiait sous cette tente comme infirmière et m'avait reconnu, m'a promis de se renseigner. Tous les soirs elle venait me voir, mais elle n'avait jamais de nouvelles. Il y avait tant de morts et de blessés qu'il était difficile de retrouver ceux pour qui je m'inquiétais. Mais chaque jour, durant sa pause, elle partait à la recherche de ma famille.

Cela a duré cinq jours, au bout desquels elle m'a annoncé une triste nouvelle. Mes parents n'avaient pas survécu, on les avait trouvés tous deux ainsi que mon plus jeune frère, ensevelis sous les décombres de notre maison. Mon frère aîné et ma petite sœur n'avaient pas encore été retrouvés, elle ne savait pas s'ils étaient vivants ou décédés. Par contre, plusieurs enfants avaient été regroupés par les secouristes dans une partie plus épargnée de la ville. Elle a promis de s'y rendre le lendemain.

Je n'ai pas pu dormir de toute la nuit. Mes parents étaient morts, Evens disparu et Violine également. Je n'arrivais pas à croire que j'étais orphelin, que j'allais devoir survivre à mon tour dans la rue.

Sœur Antoinette me décrivait la ville comme un immense chaos de pierres et de rues défoncées. Le Palais présidentiel et même la Cathédrale Notre Dame s'étaient effondrés. Sœur Antoinette pleurait en me décrivant les tours détruites et la dépouille de l'Archevêque, retrouvée sous les décombres. Il ne subsistait pratiquement rien de la capitale. Cette description me remplissait d'effroi. Comment allais-je pouvoir m'en sortir si tout était détruit ? Je connaissais trop bien le sort des enfants abandonnés. J'en voyais beaucoup, maigres et affamés, rôder autour des maisons, à l'affût de la moindre nourriture à chaparder. Ils devenaient cruels et dangereux quand la faim les tenaillait, n'avaient plus rien de l'innocence qu'on attribue généralement à l'enfance. Allais-je moi aussi devenir l'un des leurs ? Devrais-je moi-aussi apprendre à me battre pour un quignon de pain ? Irais-je moi-aussi disputer le moindre os à un chien errant ? Toutes ces pensées me torturaient et, au matin, j'avais de nouveau la fièvre. Je délirais, je voulais à tout prix me lever, aller chercher ma petite sœur et mon frère. J'étais si agité que les médecins m'ont donné un sédatif pour me calmer.

Quand je me suis réveillé, il faisait nuit et Sœur Antoinette était à mon chevet. Elle m'a souri gentiment et a passé une main sur mon front.

- Tu nous as fait peur, tu sais ? Mais tu n'as plus de fièvre et j'ai une bonne nouvelle. J'ai retrouvé ta sœur Violine. Elle a été prise en charge par la Croix Rouge à l'autre bout de la ville. Elle va bien. Quand tu pourras de nouveau te déplacer, tu pourras toi-aussi aller dans cette structure et vous serez ensemble.

Bien sûr, j'étais content de l'apprendre, mais je voulais aussi des nouvelles de mon frère Evens et surtout de Juvenson. On s'était quittés fâchés et j'espérais qu'il n'était pas mort, car ma conscience me tourmentait. Je lui avais dit des méchancetés, je lui avais souhaité de vilaines choses, et je me sentais coupable. Mais sœur Antoinette n'avait pas de réponses à mes questions.

Quand on m'a enlevé mon plâtre et qu'on a été certain que je pouvais marcher correctement, on m'a transféré auprès des bénévoles de la Croix Rouge et j'ai retrouvé Violine. Quand elle avait un peu de temps libre, la Sœur venait nous voir. Elle n'avait toujours pas retrouvé notre frère, mais elle continuait à le chercher. Sa présence bienveillante a été un grand réconfort, dans cette période si tragique, car à moi seul, je ne parvenais pas à rassurer ma petite sœur.

Un jour, des inconnus sont venus avec elle. C'étaient des cousins à elle, André et Suzanne, venus de France. Ils nous ont posé beaucoup de questions, mais ils étaient gentils. Ils sont restés quinze jours et venaient nous voir régulièrement, avec chaque fois une petite surprise ou une friandise, sans doute des choses qu'ils avaient rapportées de leur pays.

Avant de repartir chez eux, ils nous ont promis qu'on se reverrait vite. Et ils ont tenu parole. Trois mois après leur départ, ils sont revenus avec un monsieur et une dame que nous ne connaissions pas. Violine et moi étions contents de les revoir. Ils nous avaient apporté de jolis vêtements et des chaussures neuves. Pour ma sœur des sandales argentées et pour moi, une paire de baskets comme les footballeurs que j'admirais tant. Les deux étrangers nous ont posé des questions sur notre famille et notre vie avant le séisme. Ils nous ont aussi demandé si nous aimions André et Suzanne et si ça nous plairait de vivre avec eux.

Bien sûr, on les aimait bien, mais on ne savait pas trop quoi répondre. Sœur Antoinette nous avait expliqué où ils habitaient. Elle nous avait montré sur une carte où se trouvait leur ville et des photos de leur maison. C'était très différent de ce qu'on avait connu, ça nous semblait encore plus beau que le palais du Président. Elle nous avait aussi dit que c'était loin, bien au-delà de l'océan, qu'on ne pourrait sans doute pas revenir souvent sur notre île, mais que là-bas il n'y avait pas de tremblements de terre et que lorsqu'il pleuvait, le vent ne soufflait pas fort comme lors des ouragans qui eux-aussi semaient le malheur. C'était tentant. Mais partir, c'était laisser papa, maman, tous nos ancêtres et surtout Evens dont on ne savait rien.

Lorsque les gens de l'Assistance sont partis, André, Suzanne et sœur Antoinette sont revenus. Ils ont vu qu'on était troublés, tiraillés entre l'envie de quitter cet endroit de cauchemar et la peur de trahir notre famille. Violine n'avait que 5 ans, elle était plus influençable que moi. L'idée d'avoir une jolie chambre, des poupées, de jolies robes et de ne plus avoir faim l'attirait. Moi, j'étais moins docile. J'ai expliqué mes doutes, mes peurs, mais André m'a pris à part. Il m'a assuré qu'il me comprenait, qu'il ne voulait pas que j'oublie les miens, qu'il mettrait tout en œuvre pour retrouver Evens et qu'on reviendrait sur l'île aussi souvent qu'il serait possible. Et en attendant que je prenne ma décision, lui et Suzanne resteraient deux mois avec nous pour qu'on apprenne à mieux se connaître. Ils avaient pris un congé dans leur travail et s'étaient engagés comme bénévoles. Il aiderait à dégager les décombres et reconstruire des abris et sa femme qui avait un brevet de secouriste, resterait avec la Croix Rouge pour soigner les blessés.

Lorsqu'ils nous ont annoncé qu'ils devaient rentrer en France, on a eu trop de peine à les voir partir sans nous. Violine et moi on leur a demandé de les accompagner et ils ont pleuré de joie. Ils nous ont serrés très fort et on a compris qu'ils nous aimaient. Sœur Antoinette est venue avec nous à l'Ambassade de France, ou du moins ce qu'il en restait, et ils ont entamé une procédure d'adoption. C'est comme ça que quelques semaines plus tard, on est venus en Normandie nous aussi.

Au début, on a eu du mal, surtout avec le climat, car on n'avait pas l'habitude du froid. Quand on a vu la neige pour la première fois, Violine pensait que c'était du sucre qui tombait du ciel et on a beaucoup ri à sa mine déçue quand elle a tiré la langue pour goûter les flocons.

Il n'a pas été facile non plus d'aller à l'école et de rencontrer de nouveaux visages. On ne ressemblait à aucun des enfants de nos classes, on ne parlait pas bien la langue non plus, mais nos maîtresses avaient bien préparé le terrain et, finalement, on a été bien acceptés. Bien sûr, il y a encore quelques imbéciles qui nous font des remarques déplacées, mais ils sont de plus en plus rares, surtout depuis que j'ai intégré le club de foot de la ville et que je marque des buts. Quant' à Violine, elle est bien trop jolie et gentille pour qu'on lui fasse des misères. Et de toute façon, je veille...

Je suis heureux depuis que j'ai quitté mon pays, car j'ai retrouvé une famille, des parents aimants et même une grand-mère qui habite dans un immeuble non loin de notre maison. Ici, les habitations sont solides et le vent ne risque pas de les emporter. Il n'y a pas non plus de tremblements de terre, c'est rassurant !

Depuis notre arrivée, plusieurs années ont passé, mais je n'ai pas oublié d'où je viens. Nous sommes retournés deux fois en Haïti, mais la situation n'y a pas beaucoup évolué. Il y a encore énormément à faire, les gens sont toujours aussi pauvres et chaque fois ça m'a choqué car j'ai pris l'habitude de vivre sans problèmes et que tout soit bien propre et ordonné. J'ai fait de gros progrès et j'ai de bons résultats scolaires, tout comme Violine. Maintenant, je suis au lycée, je vais passer mon bac et j'espère m'inscrire à la faculté de médecine si je l'obtiens avec une bonne mention. Plus tard, j'aimerais faire partie des Médecins de Monde ou sans Frontières, car il y a toujours des catastrophes et des gens à sauver sur la planète.

J'ai quand même un grand regret, je ne sais toujours pas ce qu'est devenu mon frère Evens. André et Suzanne ont tenu leur promesse, ils ont tout mis en œuvre pour le retrouver, mais les recherches n'ont rien donné. Je garde cependant espoir. J'ai ouvert un compte Facebook « Haïti 12 janvier 2010 » et j'ai noué de bons contacts avec des personnes de là-bas et des organismes humanitaires encore en place sur l'île. Durant les prochaines vacances je retournerai à Port au Prince et je continuerai moi-même les recherches. Peut-être que je vais enfin savoir ce qu'il est devenu ?

J'aimerais aussi retrouver Juvenson. J'espère que lui-aussi a pu échapper à la catastrophe car j'ai toujours des remords des mauvaises paroles que je lui ai dites et, si j'y arrive, je voudrais lui demander pardon. J'aimerais tant pouvoir leur donner, à lui ainsi qu'à mon frère, un peu de ce que j'ai moi-même reçu.

Malgré la tragédie que nous avons vécue Violine et moi, la vie nous a épargné bien des souffrances. En attendant de pouvoir aider les autres, je remercie le Ciel tous les jours de m'avoir donné la chance de renaître de sous les décombres. C'est Sœur Antoinette qui m'a appris à le faire et je crois qu'elle va être contente quand je lui dirai que je ne l'oublie jamais…!

*Résidence des Glycines,
Venville,
Le 10 mai*

Cher Papa,

Je sais que tu m'en veux pour des tas de raisons, mais ne crois-tu pas que moi aussi j'ai des griefs contre toi ?

Quand je suis revenue après toutes ces années dans le Cantal, j'étais encore sous le choc du décès de Pierre et de l'attitude des siens. J'étais désespérée, sans repères, je comptais sur ma famille et sur ton affection pour me remettre.

Je sais que tu n'étais pas d'accord avec ma décision de partir loin de vous, et qu'au lieu d'une riche union, j'ai préféré vivre hors mariage avec un concubin que tu n'as jamais apprécié. Pierre était la crème des hommes, mais il n'a jamais déclaré mon travail ni fait de testament en ma faveur. Bâtiments et terres lui appartenaient et les Nicout ont vite fait main basse sur tout, sans tenir compte de tout le temps que j'ai passé à la ferme. Et je n'ai rien pu faire, hélas ! je me suis retrouvée à presque quarante ans sans toit et sans argent, du jour au lendemain. Certes, en revenant, je ne m'attendais pas à un accueil délirant, mais, quand même, j'espérais mieux de ta part.

Comme je le présageais, l'âge et la maladie n'ont pas adouci ton caractère. Pendant les quelques semaines où je suis restée chez toi, il ne s'est pas passé un jour, une heure, sans que tu ne me fasses un reproche. Quand tu ne critiquais pas mes choix passés, c'était mon abattement que tu qualifiais d'indolence. Mon physique n'a pas eu droit à ton indulgence non plus et ça m'a beaucoup blessée. Le travail des champs, les soins donnés aux bêtes c'est usant et mon chagrin n'a rien arrangé. Elle est bien loin la petite fille en socquettes blanches et jupe plissée qui apprenait à jouer du piano ! Mes mains, plus habituées à traire les chèvres, seraient bien incapables de jouer aujourd'hui cette sonate de Brahms sur laquelle elles ont tant peiné autrefois…

Pourtant, j'en ai fait des efforts pour te contenter ! J'ai préparé ton repas tous les jours en veillant à bien suivre les consignes du médecin. Pour ne pas te faire honte, comme tu t'es plu à me le répéter de si nombreuses fois, je suis allée chez le coiffeur pour redonner à mes cheveux les reflets cuivrés de ma jeunesse. J'ai aussi sacrifié une partie de mes maigres économies pour m'acheter une tenue neuve. Mais cela non plus n'a pas échappé à tes remarques acerbes. Les vêtements n'étaient pas assez chics, pour toi, ils étaient tout juste bons pour « une concierge enceinte », selon une expression pleine de dédain qui t'est si chère lorsque quelque chose te déplaît, et que personne dans la famille n'a jamais comprise.

Je ne sais pas ce que t'ont fait les concierges, ni les tabliers, mais j'ai très souvent entendu cette phrase si méprisante dans mon enfance. L'entendre à nouveau en se référant à ma façon de me vêtir, cela m'a plus que blessée. Je me suis souvenue de la fois où, enfant, je t'avais demandé pourquoi tu l'employais et de ce que tu m'as répondu :

- Ce sont toutes des femmes mal fagotées avec leur tablier à carreaux. Elles ont toujours une ribambelle de gosses, s'entassent avec eux dans un dé à coudre et n'ont aucune éducation. C'est la lie de l'humanité !

Savoir que moi, ta fille, je te renvoyais une vision si péremptoirement négative, cela m'a anéantie. Je n'ai pas osé te révéler que l'ensemble que tu trouvais grotesque venait du supermarché tout proche. Je savais *que cela te mettrait encore plus en colère, je ne voulais pas risquer de te voir rechuter, j'ai caché mes larmes.*

Mais au lieu de me rabaisser, étant donné que tu connaissais ma situation financière, toi qui es si riche et qui peux te permettre d'avoir du personnel à demeure, pourquoi ne m'as-tu pas offert une tenue dans une boutique élégante ? J'étais cependant loin d'avoir tout entendu. Quand j'ai évoqué mon chagrin devant la perte de mon compagnon, « bon débarras… » ont été tes seules paroles de consolation. Ce n'est vraiment pas ce que j'attendais de mon père !

La maladie n'excuse pas tout et surtout pas ta froideur et ta méchanceté. J'ai senti qu'il fallait que je quitte ta maison qui n'était plus la mienne, et que je retrouve mon indépendance. Je n'ai pas de diplômes, tu me l'as assez répété, mais j'ai eu mon lot de malheurs, j'aspire au calme. Tu m'as fait suffisamment comprendre que je ne peux prétendre à grand-chose. De plus, toujours selon ta délicatesse, je ne suis pas de première jeunesse. J'ai toutefois consulté les offres d'emploi sur le journal et me suis inscrite au chômage. Je savais bien qu'il était inutile de te parler de mes recherches, tu m'aurais à chaque fois rétorqué que quel que soit le travail visé je te ferais honte. Pourtant, l'impensable s'est produit, j'ai trouvé un emploi, avec un appartement de fonction en prime !

Quand je t'ai annoncé que je partais pour m'installer à Venville, non seulement tu ne m'as pas retenue, mais tu ne m'as même pas interrogée sur ce que j'allais y faire, ni demandé comment j'allais me loger. Tu es resté froid, insensible, me montrant juste ton soulagement de retrouver ta quiétude égoïste.

Tu crois sans doute que je te déteste. Au contraire, j'ai énormément de peine de te savoir seul et tellement aigri que tu ne reconnais pas le chagrin et la souffrance de ton entourage et que tu lui refuses l'amour et la tendresse dont il a besoin. Car Jocelyne et Jacques sont aussi malheureux que moi, mais ils n'osent pas te l'avouer. Nous sommes tes enfants, crois-le ou pas, nous t'aimons et aimerions que tu nous donnes ton affection en retour.

N'oublie pas qu'en dehors de nous tu n'as pas de famille puisque tes parents sont morts dans ton jeune âge et que tu étais fils unique. Tu n'as jamais voulu nous parler d'eux, d'ailleurs, tu n'avais même pas une photo à nous montrer. J'ai toujours regretté de ne rien connaître de ta famille. Maman avait une sœur, Camille, que tu t'es vite empressé d'écarter, mais nous avions quand même quelques contacts avec elle. Sais-tu que son fils Julien habite à deux rues de chez moi ? Je l'ai rencontré et il te salue, de façon ironique, je dois dire, mais cela t'importe-t-il ??

Je t'envoie une histoire, celle de Madame Colette, une charmante dame qui a été longtemps domestique chez les Samarian.

Tu as connu cet homme toi-aussi puisque vous étiez membres du même parti politique. Comme elle est très âgée et que je craignais de la fatiguer, je suis allée chez elle plusieurs soirs de suite et je vais essayer de retranscrire au mieux les propos qu'elle m'a confiés. Je te laisse en juger mais moi, j'ai découvert à travers ses souvenirs qu'elle n'avait jamais révélés à quiconque, un personnage détestable. Je n'ai pas osé lui dire que mon père faisait partie de son cercle. Et en y repensant, je me demande si, à son contact, sa froideur, son manque de générosité et son intransigeance n'ont pas influencé ta perception de la vie. Au fond de moi, j'espère que non, bien que l'idée que ce soit ta nature profonde ne me réjouisse pas non plus…

J'espère que ma lettre aura enfin une réponse.

Jeanne

TYRAN

L'enterrement de René Samarian a probablement été l'apothéose d'une vie entièrement consacrée à la valorisation de sa personne.

En plus des membres de sa famille, il y avait ce jour-là tant de monde pour l'accompagner jusqu'à sa dernière demeure, que tous ne purent pénétrer dans l'église qui, pour l'occasion, ressemblait davantage à une serre qu'à un lieu de culte. Le cercueil en bois précieux disparaissait sous un arrangement de lys blancs, tandis que, de part et d'autre de la nef, s'alignaient gerbes, couronnes et bouquets à la mémoire du défunt. La cérémonie était accompagnée par les accords funèbres d'un quartet à cordes et les envolées lyriques d'un organiste inspiré. Dans son homélie, le prêtre a rappelé le parcours extraordinaire de cet homme influent, ce qui a suscité dans l'assemblée, composée aussi bien de notables que de petites gens, la fierté d'avoir un jour côtoyé un homme d'une telle exception.

Parmi la foule recueillie, trois êtres tentaient de faire bonne figure et de répondre à l'attente de cette communauté endeuillée : sa femme et ses deux enfants.

Face à la dépouille, ils présentaient l'expression hébétée des grands chagrins. Pourtant, ces trois-là devaient affronter une tout autre réalité, leur liberté enfin retrouvée ! Car, si dans sa vie publique René Samarian avait été ce personnage respecté que tous pleuraient en ce jour, dans l'intimité de sa famille, il avait exercé une impitoyable tyrannie.

Bien sûr, seuls ses proches auraient pu en témoigner. Mais son ascendant sur eux était tel que, malgré son décès, au retour du cimetière, aucun des trois n'a osé manifester un quelconque soulagement. Chacun est rentré l'air grave et ne s'est adonné à ses véritables sentiments qu'une fois sa porte bien fermée, avec l'assurance d'être seul et à l'abri de tout regard.

Pour Francine, sa femme, cela s'est traduit par une longue plainte, un son rauque et guttural, semblable au hurlement d'un loup un soir de pleine lune. A l'office, les domestiques étaient pétrifiés devant un tel cri de douleur. Colette, qui savait tout ce qu'elle avait enduré est montée la voir après un moment et la trouvée à bout de souffle, effondrée sur son lit en sanglotant. Des années de haine, d'humiliation, de frustration s'étaient exprimées dans la sauvagerie de ce cri. Sur ce lit, symbole de son extrême soumission et dont elle pouvait maintenant profiter sans crainte de toute la largeur, elle mesurait soudain l'ampleur de sa solitude. Près d'une cinquantaine d'années s'était écoulée depuis qu'elle avait rencontré son mari. Ce moment qu'elle avait tant attendu, cette maîtrise enfin de sa propre histoire, n'arrivaient-ils pas trop tard ?

C'est là qu'elle lui a confié une partie de son histoire, mais Colette en savait bien davantage.

René Samarian n'avait évidemment pas été un tyran toute sa vie. Il était né soixante-trois années plus tôt, dans la campagne flamande. Ses parents, enfants tous deux de réfugiés arméniens ayant fui le génocide, s'étaient rencontrés dans un bal, un soir d'août. L'alcool et la chaleur aidant, Aznar était immédiatement tombé amoureux de Zinia, au point de la demander en mariage à la fin de la soirée. Elle allait sur ses vingt-cinq ans et désespérait de se retrouver vieille fille. Il était beau garçon, une telle occasion ne se représenterait peut-être pas, elle accepta. Un mois plus tard, ils se mariaient.

Aznar était brave, travailleur et bon chrétien, quand il était sobre. Mais lorsque la bouteille lui clignait de l'œil, il ne savait lui dire non et ne pouvait s'arrêter de boire qu'une fois le flacon vide. Alors, il devenait irascible et même violent, cassait la vaisselle et injuriait sa femme.

Puis, ayant dessoûlé, il pleurait, courait prier à l'église, se repentait et promettait, jusqu'à la fois suivante. Heureusement, ces débordements n'avaient lieu qu'une fois par mois, au moment de la paie. Fier de son argent en poche, il s'arrêtait à l'épicerie, achetait la maudite bouteille et ne répondait aux reproches de sa femme que par sa violence habituelle. La même comédie se jouait quelques jours, et même si elle était loin d'être la seule à subir les excès avinés d'un mari, elle pleurait de honte, le soir dans son lit. A la longue, elle avait cependant appris à prélever dans les poches de son époux assommé par l'alcool de quoi tenir sa maison, jusqu'à la fin du mois. De plus, quand il n'avait plus de quoi se ravitailler chez l'épicier, Aznar redevenait un compagnon charmant et attentionné.

Après la naissance de Pierre, leur premier enfant, la famille déménagea près de Douai. Aznar espérait y trouver un travail mieux rémunéré et il fut embauché à la mine. Zinia qui n'entendait pas revivre les beuveries de son mari, obtint de la direction que la moitié du salaire de son époux lui soit versée. Elle fut étonnée de ne pas voir sa demande se heurter à un refus. Mais elle en conclut qu'elle n'était pas la seule femme à subir les aléas des jours de paye un peu trop arrosés. Même si Aznar n'apprécia pas cette mesure, il était si fier de son fils qu'il l'accepta et promit même de mieux se conduire, résolution qu'il réussit à tenir deux mois, au bout desquels il reprit ses mauvaises habitudes. Mais Zinia les supportait mieux, maintenant que ses fins de mois étaient moins difficiles.

En grandissant, Pierre faisait chaque jour davantage la fierté de ses parents. A cinq ans, il montrait déjà de si belles dispositions qu'il intégra la « grande école » avec un an d'avance. Sous son apparence timide et sage, il avait déjà bien compris les avantages qu'il pouvait tirer de l'orgueil paternel et obtenait tout ce qu'il voulait. Ainsi, pour lui offrir le vélo de ses rêves et le couvrir de cadeaux, Azna prit un second travail, le dimanche, dans un garage.

Quand il eut six ans, les choses se gâtèrent avec l'arrivée d'un petit frère, René. L'argent gagné à distribuer l'essence ou réviser un moteur le jour du Seigneur fut ajouté à la paye mensuelle et les présents étaient de plus en plus rares. Pierre en conçut une haine irrépressible contre ce nouvel arrivant, ce rival capable de captiver l'attention de leur père et qui lui volait ses privilèges. La venue d'une petite fille sonna comme une victoire contre ce frère détesté. Il savait que leur mère serait accaparée par les tâches ménagères et le nourrisson, et qu'elle n'aurait que peu de temps à consacrer à son cadet. Quant' à leur père, pour regagner son ascendant sur lui, Pierre décida de l'accompagner au garage le dimanche et l'aida à distribuer le carburant ou nettoyer un pare-brise. Ensemble, ils retrouvaient leur complicité et durant ses rares moments de libre, Aznar l'emmenait à la pêche.

Ignoré par son père, délaissé par sa mère, René poussait un peu comme une herbe folle. Contrairement à son frère aîné, on le mit à trois ans à l'école où il s'adapta très vite. Marchant sur les traces de son frère, il gravit rapidement les classes, et intégra lui-aussi l'école primaire avec une année d'avance. Mais ses parents ne le félicitèrent pas et l'événement passa quasiment inaperçu. Le jour de ses sept ans, il put même mesurer le degré d'intérêt qu'on lui portait, car personne dans sa famille ne s'en soucia. Il en conçut « l'échelle affective » suivante : à Pierre la fierté, à Marcelle la tendresse, à lui, l'indifférence. C'est sans doute cette prise de conscience qui changea son regard sur la vie.

Comme ses parents ne l'aimaient pas, il décida non seulement de ne pas les aimer en retour, mais de tout mettre en œuvre pour leur prouver leur erreur et, pourquoi pas, la leur faire payer un jour.

Son père nourrissait de grands projets pour Pierre. En raison de ses bons résultats scolaires, contrairement à ses camarades orientés vers l'apprentissage, il avait été admis sans difficulté en classe de sixième. Une fierté de plus, pour ce fils d'immigrés. Mais le collège était loin, et Pierre perdit le peu d'amis qu'il avait dans son quartier. René, de son côté, multipliait les bonnes notes, toujours dans l'indifférence familiale. Il s'employait cependant à nouer des liens solides autour de lui, rendant service à des voisins, ou effectuant de menus travaux à l'épicerie contre un peu d'argent qu'il conservait en secret. En classe, il lui arrivait de faire les devoirs de certains élèves, leur évitant les punitions et gagnant ainsi leur reconnaissance. Mais, surtout, il se lia également avec Françoise Legrand, sa voisine de banc.

C'était la fille d'un riche industriel du textile qui tenait à ce que ses enfants fréquentent une école publique, afin de mieux apprécier les privilèges que leur conférait la fortune. Petit à petit, il se forgea une réputation de garçon débrouillard, serviable et bon camarade. Ses résultats scolaires étaient de plus excellents, si bien que, comme son frère aîné, il intégra lui aussi le collège.

Cette promotion attira enfin le regard paternel. Deux enfants au collège, et avec les félicitations du Préfet, alors que même le fils Legrand peinait à décrocher son passage en lycée, Aznar exultait.

Pierre sentit vite le vent tourner. Désormais, René faisait lui aussi la fierté de ses parents, il recevait des cadeaux et même, il venait pêcher parfois. C'en était trop ! Il chercha en vain à retrouver l'exclusivité des faveurs paternelles, et essaya même de détourner l'affection de Marcelle de son cadet. Mais, contrairement à lui, ce dernier avait toujours accordé de l'attention à la fillette. Il lui offrait parfois des bonbons ou un petit présent grâce à sa cagnotte, s'en faisant ainsi une alliée.

La fin de l'année scolaire approchait et Pierre fut convié à se rendre chez l'un de ses camarades de classe pour l'aider à rattraper son retard en mathématiques. Par un heureux hasard, il s'agissait d'Aimé Legrand, le frère de Francine, avec laquelle René avait pris soin de rester lié. Un jeudi après-midi, les deux frères se rendirent chez eux. Pierre apprécia peu la compagnie de son cadet, mais il avait été invité à l'anniversaire de Francine, qui se fêtait justement ce jour-là.

Au fur et à mesure qu'ils approchaient de la vaste demeure, les deux garçons mesuraient le fossé qui les séparait de ces enfants de notables. Devant le jardin fleuri si bien entretenu et la façade impeccable, leur modeste pavillon et leur rue poussiéreuse leur parurent encore plus misérables. L'intérieur de la maison acheva de les démoraliser. La dimension des pièces, les tapis moelleux, les tableaux de maîtres, la profondeur des divans, tout respirait la richesse. Ebahis, ils avaient peine à croire qu'on puisse vivre dans un tel luxe à deux pas de leur grisaille quotidienne. Sans se l'avouer, dans leurs vêtements bon marché, ils avaient honte de leur pauvreté.

Cependant, en franchissant le seuil de la maison, Pierre espérait faire enfin partie du groupe de jeune bourgeois qui fréquentait sa classe. Il s'efforça donc de faire comprendre à Aimé les mystères des chiffres et des équations. Plusieurs jeudis de suite, il vint aider son camarade. René l'accompagnait à chaque fois et partageait les jeux et le goûter de Francine. A la fin de l'année scolaire, les leçons ayant porté leurs fruits, le professeur en herbe reçut une enveloppe contenant une jolie somme, en remerciement des bons résultats obtenus par son « élève », ainsi qu'une lettre pour Aznar, invitant René à les accompagner en vacances. Le garçon s'était révélé un agréable camarade de jeux pour Francine et les avait si bien charmés par son intelligence et ses bonnes manières, que les Legrand souhaitaient le récompenser en l'emmenant sur la Riviera.

Pierre se sentit mortifié. Sans le savoir, les Legrand venaient de ruiner ses espérances, creusant encore davantage le fossé entre les deux frères. Car si René avait été reçu en invité, lui-même n'avait jamais été pour eux qu'un employé ! Leurs parents, ne comprirent pas les conséquences de cette invitation. Pour eux, seul l'argent comptait et l'enveloppe reçue constituait un petit capital en vue des études universitaires. Tandis qu'ils le félicitaient pour ce beau cadeau, ils ne virent pas le sourire narquois de René. Lui, il avait bien compris ce que ressentait son aîné et, à dater de ce jour, il ne l'appela plus que « larbin » lorsqu'ils se retrouvaient seuls. C'est donc en le saluant de ce sobriquet, qu'il partit pour la première fois en vacances dans le sud du pays.

Au contact des Legrand et de leurs hôtes, René découvrit un nouveau monde. Comprenant qu'il avait tout à gagner en se coulant dans le moule de cette « bonne société », il apprit bien vite à se tenir à table, à distinguer une fourchette à dessert d'une autre à salade, à prendre la parole seulement lorsqu'on l'y invitait.

Sa mère lui avait préparé une valise contenant son plus beau linge. Mais il était conscient que cela ne convenait pas à son séjour. Avant de partir, il avait fait preuve d'audace et demandé tout simplement l'aide d'Henriette, la mère de Francine, pour dépenser ses économies en une garde-robe décente. Celle-ci fut touchée par le courage du garçon et le guida dans ses choix lors d'un après-midi emplettes et alla jusqu'à arrondir son pécule, si bien qu'il arriva à la villa habillé de neuf de pied en cap.

René fit tout son possible pour être digne du magnifique cadeau qu'on lui offrait. Certes, il était le « camarade pauvre de Francine », mais les Legrand ne tarissaient pas d'éloges sur son compte et peu à peu son vernis populaire s'effrita. Il passa un été fantastique, nageant, jouant au tennis, découvrant les meilleures tables de la côte, ce dont il ne manqua pas d'informer ses parents par un nombre impressionnant de cartes postales. Chacune d'elle distillait son poison auprès de son aîné, il en était certain. Il savait qu'à son retour il retrouverait sa maison décrépite, son buveur de père, sa mère mal fagotée, son existence étriquée. Mais ce séjour chez les nantis lui avait donné un but : faire un jour partie intégrante de ce « beau monde » et avoir à son tour l'argent et le pouvoir.

Lorsque l'école reprit, les Legrand firent de nouveau appel à Pierre pour seconder leur fils dans ses démêlés avec les mathématiques. Il aurait voulu refuser, mais ses parents n'auraient pas compris qu'il dédaigne l'argent gagné et qui constituait un plus par rapport à la bourse qu'il obtiendrait pour financer ses études de médecine, une fois le bac en poche. Il se sentait d'autant plus humilié, qu'il devait non seulement se charger du panier de linge que sa mère repassait pour eux, mais aussi supporter la présence de son frère, qui était reçu chaleureusement, presque comme un membre de la famille. La haine pour son cadet grandissait à chacune de leurs visites, au point qu'il décida de le discréditer auprès de ses bienfaiteurs. Lors d'un de ses cours, prétextant une envie pressante, il se glissa dans la chambre des parents de son élève et déroba une broche en diamants et rubis dans le coffret à bijoux posé sur la commode. Il comptait faire en sorte que ce larcin retombe sur René.

Le lendemain, Aimé lui apprit qu'une domestique allait être renvoyée pour vol. Pierre exultait. Il s'imaginait déjà disculpant la pauvre femme et confondant son frère détesté. Hélas pour lui, il avait laissé le joyau dans la poche d'un pantalon roulé en boule au fond de son armoire, en attendant un moyen de faire inculper son frère. Sa mère en recherche de linge à laver, avait découvert le vêtement et son précieux trésor. René qui rentrait à cet instant du collège, lui annonça le forfait et la punition certaine d'une des bonnes. D'abord incrédule, Zinia dut se rendre à l'évidence, Pierre, ce fils dont elle était si fière était un voleur !

René comprit immédiatement le parti à tirer de cette incroyable nouvelle. Il consola sa mère et la persuada d'accrocher la broche à un chemisier. Ainsi, les Legrand penseraient que leur domestique avait commis une maladresse en oubliant de la décrocher lors du lavage. Il allait tout de suite la rapporter à sa propriétaire. De cette manière, Colette serait réprimandée mais garderait sa place. Quant' à eux, ils prouvaient leur profonde honnêteté. Zinia embrassa son cadet, confondue de reconnaissance. Elle lui fit jurer de ne rien dire à Aznar. René promit, mais il détenait maintenant une arme redoutable contre son aîné et entendait bien s'en servir aussi souvent que possible. Lorsque ce dernier rentra du lycée, le regard méprisant qu'il lui jeta et les reproches de sa mère lui firent comprendre que l'avenir se présentait mal.

Comme prévu, l'affaire n'eut pas de suite. Henriette gronda sa femme de chambre et, pour remercier les Samarian de leur honnêteté, Noël approchant, elle invita leurs deux garçons à les accompagner aux sports d'hiver.

Rongée par le dépit, Zinia interdit tout simplement à Pierre de partir. Il prétexta une forte grippe et dut se résoudre à regarder une fois de plus son frère s'en aller et profiter des largesses des Legrand. Et pour ne pas éveiller les soupçons de son père, il resta une semaine au lit, contemplant avec rage la tenue de ski flambant neuve qui ne lui servirait jamais.

Chaque jour, la place de René grandissait auprès des Legrand. Sa vivacité, ses bonnes manières, son humour et son intelligence les enchantait. De plus, il avait l'art de s'attirer la sympathie de tous leurs amis. Pierre était toujours le préféré de son père, il lui laissait la place sans regret. Après l'avoir terrorisé en menaçant de le dénoncer, il s'était lassé, d'autant que son aîné était maintenant étudiant en médecine à Lille, et ne rentrait plus qu'une fois par mois. Ce qu'il voulait, c'était vivre chez les Legrand, partager définitivement leur vie, quitter pour toujours sa maison misérable. Un jour, il entendit son frère se lamenter :

- Cet imbécile d'Aimé ne se rend même pas compte de la chance qu'il a ! Même en fac, il continue d'amasser les mauvais résultats et passe plus de temps dans les cafés que dans les amphis. Mais cela ne l'empêchera pas d'avoir une bonne place dans la vie, son cher papa y veillera. Chaque fois que je le croise, je suis obligé d'écouter ses sarcasmes sur « ma vie de laborieux ». Le pire, c'est qu'il ne veut pas succéder à son père, il rêve de théâtre. Monsieur veut être comédien ! Mais il ne faut surtout pas que papa l'apprenne, sinon, plus de sous à la fin du mois. Et c'est moi qui me tape les devoirs de maths de son école d'ingénieur, pour qu'il puisse continuer son manège. Il m'a même demandé de passer ses exams à sa place, vu qu'ils tombent après les miens. Moyennant finance bien sûr… Et tu sais quoi ? Je crois bien que je vais accepter, mais ça va lui coûter cher !

Pendant qu'il l'écoutait, peu à peu, une idée germait dans l'esprit de René. Voilà des mois qu'il cherchait un moyen de s'introduire définitivement dans la famille Legrand, il venait de le trouver. Bientôt, il prendrait la place d'Aimé …

Ses résultats scolaires étaient brillants, plus encore que ceux de Pierre, et il avait pris l'habitude de montrer ses bulletins à Georges Legrand. Au fil des années, il avait constaté le dépit de cet homme, face aux notes de son propre fils. En effet, l'industriel regardait grandir les enfants Samarian avec envie. Pourquoi Aimé ne réussissait-il pas aussi bien alors qu'il lui en donnait toutes les possibilités ? Il n'avait eu son bachot qu'au rattrapage, grâce aux leçons intenses de Pierre. Pourquoi était-ce Francine, qui n'avait aucune chance de lui succéder à l'usine, qui travaillait si bien ? Parfois, il regrettait que le camarade de jeux de sa fille ne soit pas de son sang. Dans ces moments-là, il rêvait qu'ils tombent amoureux. René ferait un bon successeur. Avec ses qualités, l'usine serait entre de bonnes mains et Aimé aurait toujours sa place dans l'entreprise, on lui trouverait bien un poste de complaisance ! C'est ainsi que, sans se douter qu'il favorisait ses plans, Georges Legrand décida que « son héritier » viendrait encore plus souvent dans la maison.

Un jour de vacances scolaires, alors qu'il déjeunait chez ses hôtes, René manifesta son enthousiasme pour une pièce étudiée en classe, regrettant de n'avoir jamais eu l'occasion de se rendre au théâtre pour admirer de vrais comédiens. Après le repas, Aimé le prit à part. S'il voulait voir des artistes, il pouvait assister à une répétition de sa « troupe ». Mais il devait jurer le secret. Le samedi suivant, il assista donc à une répétition.

Bien que n'ayant aucune expérience, il décela tout de

suite la médiocrité du jeu. Cependant, il manifesta une telle admiration qu'on l'autorisa à revenir. En quelques jours, il se répandit en tant d'éloges qu'il ne tarda pas à persuader son rival que son talent méritait mieux que la petite salle des fêtes d'un village de province et qu'il s'étiolerait au sein d'un groupe d'amateurs. Il lui communiqua même l'adresse d'un cours de théâtre de la capitale, dénichée dans l'annuaire. Grisé par ses louanges, Aimé se voyait déjà pensionnaire de la Comédie Française, déclamant Racine ou Molière devant un parterre d'admirateurs. Sa loge remplie de fleurs et de télégrammes du tout Paris faisait pâlir de jalousie Gérard Philippe lui-même !

A la fin des vacances, Aimé quitta sa famille pour rejoindre l'université. Dans sa chambre, Colette trouva une lettre sur son lit et s'empressa de la remettre à sa maîtresse. Il y expliquait ses aspirations et son inscription au Conservatoire pour suivre des cours d'art dramatique.

Cette nouvelle fit l'effet d'une bombe. René l'apprit de la bouche de Francine. Il faillit s'étrangler de joie. Ainsi, son plan avait marché ! Il se précipita chez les Legrand et trouva la mère en larmes et le père au comble de la fureur. Malgré les supplications de sa femme, ce dernier décida de déshériter sur le champ ce fils indigne, et de le rayer de sa mémoire. Et comme René l'avait escompté, quelques jours plus tard, il demanda aux Samarian de le laisser venir vivre dans leur demeure.

Aznar ne se fit pas prier, contrairement à Zinia qui, depuis l'épisode de la broche, avait appris à aimer son cadet. Mais son mari lui fit entrevoir tous les bénéfices de ce départ. Au vu de ses résultats, René était lui-aussi promis à un bel avenir, pour peu qu'on puisse le lui offrir. Ils n'auraient pas les moyens de subvenir à de nouveaux frais universitaires lorsque le moment viendrait. Lui-même vieillissait et sa retraite n'y suffirait pas. Les Legrand s'engageaient à prendre intégralement en charge leur enfant. N'était-ce pas une merveilleuse opportunité pour lui ? Il insista tant qu'elle céda. En son for intérieur, Aznar n'était pas mécontent de se débarrasser d'un fils qu'il n'avait jamais vraiment aimé. Il aurait donné sa vie pour Pierre et avait de l'affection pour Marcelle. Mais René ne lui inspirait que de la méfiance, son départ le soulageait.

Installé dans sa nouvelle famille, le garçon devint très vite un jeune homme accompli. Les cadeaux pleuvaient : cours de tennis, voyages à l'étranger, habits de bonne coupe, argent de poche, rien ne semblait trop beau pour lui. Cependant, considérant les enjeux, René prenait soin de continuer à se montrer humble et reconnaissant envers ses protecteurs. Et lorsqu'il surprenait un accès de colère de Georges ou une larme au coin des yeux d'Henriette, il trouvait le mot juste pour l'un et le geste tendre pour l'autre, sans jamais dénigrer son ancien rival. Son pouvoir de manipulation était tel, qu'il s'octroya les bonnes grâces de toute la famille, oncles, tantes, cousins et domestiques compris. C'est ainsi que peu à peu, René éclipsa Aimé et devint le fils de la famille et son héritier.

Ce nouveau statut lui ouvrit les portes de toute la bourgeoisie locale et il en profita pleinement. Devenu un grand et beau jeune homme plein d'assurance, il séduisait toutes les jeunes filles et parfois même leurs mères. Cependant, il s'efforçait d'être discret, afin de conserver le cœur de Francine qui, si elle n'était pas la plus jolie, était de loin le meilleur parti. Chaque jour, il veillait donc à se montrer délicat et attentionné, mais la nuit, c'est Séverine, la petite bonne fraîchement embauchée qu'il rejoignait en cachette. Ces rencontres nocturnes ne tardèrent pas à porter leur fruit et la pauvre jeune fille prit bien vite le chemin de la Hollande pour se décharger de son encombrant fardeau. René paya les frais et son silence, plus par peur de se voir dépouillé de tout ce à quoi il œuvrait depuis des années que par compassion et on ne la revit plus jamais dans la maison.

Cet épisode eut le don de le calmer. C'est pourquoi, une fois son diplôme d'ingénieur en poche, il se hâta de demander la main de Francine. Leurs fiançailles donnèrent lieu à une grande fête qui laissait présager la magnificence de leurs noces. La cérémonie eut lieu quelques semaines plus tard et fut l'occasion pour René de retrouver sa véritable famille qu'il avait négligée depuis son installation chez les Legrand. Si le titre de médecin de son frère le flattait, il détesta revoir ses parents. Ils avaient vieilli et malgré leurs efforts de toilette, leurs manières frustes dénotaient dans cette assemblée de notables. Heureusement, les attentions d'André Pontel à l'égard de Marcelle qui était devenue une vraie beauté, lui semblèrent de bon augure. Le fils du notaire ferait un bon beau-frère !

Peu après le mariage, René intégra les Textiles Legrand. Le nouveau Directeur des ventes ne tarda pas à démontrer ses qualités et le carnet de commandes afficha rapidement de belles promesses. Il réussit même à intéresser un grand couturier de l'Avenue Montaigne par son audace. En quelques mois, fournisseurs et clients ne voulaient plus traiter qu'avec lui. Georges ne s'en formalisa pas. Au contraire, la réussite de son protégé prouvait qu'il avait eu du flair. Jamais l'affaire ne s'était mieux portée et elle engrangeait des bénéfices record. Il accepta donc de bonne grâce de passer au second plan et lorsque son cœur fatigué accusa des signes de faiblesse, il lui laissa les rênes de l'entreprise sans regret, heureux que l'affaire reste dans la famille.

René s'installa donc à la tête de l'usine et fêta sa nomination avec le personnel. Au lieu de susciter la jalousie de ses anciens camarades, dont bon nombre étaient maintenant ses ouvriers, sa brillante réussite représentait à leurs yeux l'espoir d'une revanche sur la naissance et sa condition. D'ailleurs, il veillait à maintenir de bons rapports avec eux, s'obligeant à saluer chacun par son prénom et s'informant de sa famille. Il n'hésitait pas non plus à donner sa chance à qui le méritait et accordait une prime pour chaque initiative favorisant un meilleur rendement ou une possible augmentation des commandes. Cette politique sociale lui valut non seulement le respect de ses employés, mais aussi le taux d'absentéisme et de revendications le plus bas de la région et les demandes d'embauche affluaient. Sur le plan professionnel, René avait donc réussi.

Il n'en était pas de même, hélas, dans sa vie privée. Le mariage avec Francine avait rapidement montré ses limites. La jeune épouse qui s'était livrée à lui à cœur et corps perdu avait vite déchanté. Après une nuit de noces désastreuse, où il n'avait montré aucune tendresse la culbutant sur le tapis comme une putain, elle avait dû se rendre à l'évidence : son mari ne l'aimait pas. D'ailleurs, après un banal week-end au Touquet, le couple avait regagné la demeure familiale où les occasions de se retrouver en tête à tête étaient rares. René fuyait toute forme d'intimité, préférant de loin consacrer son attention à son usine. Même la venue d'un premier enfant, un miracle vu le peu de temps qu'il consacrait à sa femme, ne parvint pas à les rapprocher. Il n'assista pas à la naissance de Jacques, ni à celle d'Hélène dont elle se retrouva enceinte à la suite d'une de ces soirées où il n'avait eu personne d'autre qu'elle pour assouvir ses pulsions.

Chaque jour qui passait dévoilait une nouvelle facette de sa perfidie. Francine essayait de faire bonne figure, consciente que c'était elle qui, en s'entichant de lui sur les bancs de l'école, avait introduit le ver dans le fruit familial. Elle comprenait trop tard qu'il avait manœuvré pour évincer son frère et prendre la tête de l'entreprise. Bien sûr, elle était consciente qu'il la trompait avec ses secrétaires, des clientes et même certaines de ses amies, mais elle faisait son possible pour sauver les apparences. Car si le pouvoir de nuisance de son mari s'effaçait en société, ce n'était que pour redoubler lorsqu'ils se retrouvaient seuls : elle n'était qu'une sotte, sans élégance ni beauté. Quand par malheur elle reprenait d'un plat au cours d'un dîner, la sentence tombait dès le départ des invités. Il lui prédisait un avenir d'obèse, la comparant à une truie qu'on engraisse avant de la mener à l'abattoir.

- Je te préviens, lui disait-il, si tu deviens trop grosse, jamais plus je n'accepterai une invitation avec toi !

Ces remontrances la jetaient dans des régimes draconiens qui la laissaient épuisée. Elle s'efforçait de son mieux de cacher le désastre de son couple à ses parents. Car, paradoxalement, René continuait à se montrer affable avec eux. Sans doute son âme noire leur gardait-elle un peu de reconnaissance pour l'avoir sorti du caniveau. Cette comédie continuelle à laquelle elle s'astreignait usait ses nerfs et la menait peu à peu au bord de la dépression, d'autant qu'il avait aussi de plus en plus d'accès de colère injustifiés contre ses enfants, et qu'elle était constamment sur le qui-vive pour les protéger.

La tension entre les deux époux atteignit son paroxysme lorsque René divulgua ses ambitions politiques.

Depuis longtemps, il briguait un mandat électoral et il se présenta au poste de député. Durant toute la campagne, il s'afficha avec femme et enfants, présentant l'image d'une famille unie et elle dut jouer son rôle pour ne pas lui déplaire. La mort d'Aznar tomba fort à propos et tout naturellement, c'est en tête de cortège qu'il suivit la dépouille de son père, soutenant sa mère jusqu'au cimetière. Là, dans un discours poignant, il évoqua le parcours de ce fils d'immigrés qui, à force de courage et de travail avait permis à ses fils de se hisser dans la société : Pierre devenu un éminent praticien, et Marcelle, qui après ses études était maintenant institutrice et fraîchement mariée à un jeune notaire. Quant' à lui, c'est avec une voix tremblante d'émotion qu'il évoqua la séparation déchirante d'avec ses parents et son installation chez les Legrand, auxquels il rendit un vibrant hommage. Ce discours à lui seul, rapporté dans le journal local, lui valut tous les suffrages et il remporta le siège brillamment.

La députation apporta un changement bénéfique dans la vie de Francine et de sa famille. Face à ses électeurs,

René fut contraint de donner l'image d'un époux et père aimant. De plus, cette fonction le tenait souvent éloigné de chez lui, ce qui les délivrait de sa présence. La maison résonnait alors de rires joyeux et bien que relative, une paix salutaire régnait plus souvent dans le foyer. Et comme il prenait goût à la vie politique, les élections s'enchaînaient. C'est ainsi que le nom de René Samarian circula pour le poste de Ministre du Travail. Hélas, emporté par son orgueil, il tint des propos qui, rapportés au sommet de l'état, montrèrent une telle ambition qu'il fut aussitôt écarté. Et lorsque son frère Pierre, soutenu par son propre camp, remporta la Mairie de sa ville qu'il briguait également, sa fureur atteignit son paroxysme. Ce double échec marqua le glas de la quiétude familiale.

A sa déconfiture politique s'ajoutèrent bien vite d'autres soucis : le marché du textile subissait la concurrence de pays émergents avec des coûts de production bien plus bas. Ses maîtresses de plus en plus jeunes et exigeantes, son train de vie élevé étaient de plus en plus difficiles à maintenir. Un jour, en se rendant à son travail, il trouva les portes fermées et des ouvriers en colère brandissant des pancartes de revendications. Malgré tous ses efforts, les piquets de grève lui interdirent l'accès de ses bureaux. Il eut beau protester et supplier, le Préfet refusa de faire intervenir les forces de l'ordre pour libérer l'accès de son usine. Poussé par une vieille rancune, ce dernier affirma qu'il avait d'autres endroits plus sensibles à protéger. Rentré chez lui, René déversa toute sa colère sur sa famille.

Il commença par détruire tout le mobilier. Puis, d'un geste rageur et à grands coups de club de golf, il massacra les tableaux, les cristaux, la porcelaine devant ses enfants consternés. Il s'en fallut de peu qu'il s'en prenne à eux aussi. Francine qui tentait de s'interposer reçut une gifle magistrale et fut traitée d'hystérique. Tous trois se réfugièrent à l'étage, dans une salle de bain. Les vieux Legrand étaient en cure à Vichy, ils n'assistèrent pas au saccage de leur maison. Lorsque le silence se fit enfin et qu'elle aperçut la voiture de son mari qui quittait la propriété, Francine osa s'aventurer dans ce qui n'était plus qu'un champ de ruines. Elle trouva Colette en larmes, tentant de remettre un peu d'ordre et de sauver ce qui pouvait l'être.

Celle-ci n'avait jamais apprécié le nouveau maître de maison. Cette défiance datait de plusieurs années, d'une histoire à propos d'une broche qui avait failli lui coûter sa place et du sourire dont il l'avait narguée après cet incident. Au fil des années, elle avait assisté à son manège autour des Legrand et à sa mainmise sur le patrimoine familial. Elle en savait des choses sur ce garçon surgi du néant qui avait pris la place d'Aimé ! Souvent, elle repensait à Séverine, cette petite bonne qu'on avait renvoyée sans ménagement et sans s'interroger sur le responsable de sa grossesse. Elle, elle avait eu plus de chance, elle n'avait subi sa violence qu'un soir dans l'escalier, et après cela, elle avait toujours su éviter qu'il ne la reprenne de force.

Après avoir déversé sa colère sur sa maison, René retourna à l'usine écouter les doléances de son personnel. Il reçut les représentants syndicaux avec calme et le conflit ne s'éternisa pas. Fort de cette victoire, il rentra à Paris et exigea de son parti une compensation pour l'humiliation subie lors de son éviction du ministère. Il ne ménagea aucun effort pour convaincre ses dirigeants et se retrouva ainsi Secrétaire d'Etat auprès du Ministre de l'Industrie. A partir de là, il espérait gagner rapidement les échelons du pouvoir et fêta sa réussite avec sa favorite du moment.

Francine ne le revit pas avant plusieurs semaines, ce qui lui permit de redonner un aspect correct à son intérieur. Lorsqu'il y revint, René l'informa de son intention de séjourner définitivement à Paris en raison de ses fonctions. Pour l'usine, il avait nommé un responsable qu'il contrôlerait de loin et lors de ses visites à sa famille et à ses électeurs de province. Bien évidemment, il n'était pas question de divorce, mais il n'entendait pas qu'elle le suive et lui laissait la maison ainsi qu'une rente suffisante pour maintenir le train de vie d'une épouse de haut dignitaire. Elle accepta ce nouveau mode de vie avec soulagement. Son père était mourant, elle pourrait se consacrer sereinement à ses derniers jours et, peu à peu, la famille retrouva sa quiétude.

Quelques mois plus tard, Francine fut réveillée en pleine nuit pas la sonnerie du téléphone. Victime d'un infarctus, René venait d'être hospitalisé. Elle prit donc le train pour la capitale et se rendit à son chevet. L'homme qu'elle retrouva n'avait plus rien à voir avec celui qu'elle côtoyait depuis tant d'années. Le teint blême, la respiration haletante, il lui rappelait le garçon un peu gauche dont elle était tombée amoureuse sur les bancs de l'école. Elle suivit donc les conseils du médecin et le ramena à la maison pour qu'il puisse se reposer. Au fond d'elle, elle espérait que retrouver son foyer adoucirait son caractère et aiderait à sa convalescence.

Bien évidemment ses forces à peine retrouvées, René montra ses premiers signes d'impatience. Après quelques jours, chacun faisait des efforts surhumains pour ne pas provoquer une nouvelle crise, mais l'atmosphère devint à nouveau irrespirable.

Jacques fut le premier à subir sa colère. Il avait choisi de faire médecine après son bac alors que son père rêvait d'une dynastie d'industriels, ce choix lui valut les qualificatifs les plus humiliants. Hélène eut droit également à ses propos fielleux. Elle rêvait de cinéma, « sans doute une tare héritée de son oncle Aimé, dont le talent médiocre n'avait connu grâce que sur les scènes d'Amérique latine où on n'y connaissait rien ». Quant' à sa belle-mère, elle n'échappa à ses sarcasmes qu'en se cloîtrant dans sa chambre où elle prenait même ses repas. Francine elle, essayait de son mieux de faire tampon et c'est sur elle que le plus souvent déferlait toute cette haine. Heureusement, une fois remis, René reprit ses allers-retours entre son ministère et l'usine, ce qui ménageait quelques moments de calme.

La vie reprit donc son cours, cahin-caha, au gré des visites et des sautes d'humeur du despote. Cela dura encore quelques mois, jusqu'à un soir de juin. René revenait de Paris où, une fois de plus ses fonctions l'avaient maintenu. En réalité, il était surtout accaparé par Hanna, une jeune ukrainienne qui, en échange de ses talents, recevait quelques subsides et habitait le somptueux appartement qu'il avait acheté à Neuilly.

La nuit n'était pas encore tombée, et ayant renvoyé son chauffeur, il prit le volant pour revenir au plus vite dans son usine où certaines incohérences de trésorerie l'inquiétaient. La route était dégagée, il ne roulait pas à une vitesse excessive, pourtant, la voiture quitta la chaussée, buta contre un arbre et après plusieurs tonneaux, vint s'échouer dans un champ de maïs. A huit heures du soir, les gendarmes informèrent Francine qu'elle était veuve.

Cette nouvelle la laissa sans voix, comme abêtie. René était une force de la nature. Sa fourberie, son opiniâtreté lui avaient permis de franchir tant d'obstacles, de survivre à tant d'épreuves qu'elle le croyait indestructible. Elle-même se voyait continuer à vivre sous son emprise jusqu'à la fin de ses jours et voilà qu'elle se retrouvait soudain délivrée de son tyran domestique. Ses enfants étaient absents. Elle attendit qu'ils soient rentrés pour les informer et passa une grande partie de la nuit en état de choc. Au matin, elle se rendit à l'hôpital pour voir la dépouille puis, elle organisa les funérailles de son mari.

Durant toute la cérémonie, elle se montra d'une dignité exemplaire, recevant les condoléances et les paroles de réconfort des présents, qu'ils soient fonctionnaires de l'état ou simples concitoyens. Parmi eux, se trouvaient ses amis ou adversaires politiques, ses ouvriers et ses anciens camarades de classe. Beaucoup pleuraient un homme qui les avait pourtant trompés, exploités, humiliés. Pourtant, chacun rendait hommage à son parcours et évoquait un René si éloigné de celui qu'elle avait connu, qu'il lui semblait assister à l'enterrement d'un étranger.

Pour atteindre son but, René avait joué un rôle toute sa vie, et cette journée, cette grotesque représentation théâtrale, en était certainement l'apothéose. Comme il doit exulter, pensait-elle en serrant les mains et écoutant les louanges de tous ceux qui défilaient devant elle. Elle savait cependant qu'aucun d'entre eux n'aurait accepté qu'elle évoque la véritable personnalité de son époux, même s'ils la soupçonnaient. Seul Pierre, son beau-frère, aurait pu l'entendre. Elle s'appliqua donc à donner à l'assistance la parfaite image d'une veuve anéantie par une si grande perte.

Après un temps nécessaire à maintenir sa réputation, Francine décida de profiter enfin de la fortune et du temps que lui laissaient le décès de son mari. Elle vendit l'entreprise et sa maison où elle n'avait que peu de bons souvenirs.

Colette, elle, avait largement dépassé l'âge de la retraite, mais elle avait tenu à rester avec sa maîtresse le plus longtemps possible. Il est fort probable que si René Samarian n'était pas décédé, elle serait restée jusqu'au bout. Mais comme Francine était enfin libre et qu'elle s'était s'installée à Neuilly après avoir prié Hanna de quitter les lieux sans ménagement, elle a souhaité vivre ses derniers jours, près de sa sœur et ses neveux, en Normandie. Sa patronne n'a pas été ingrate : elle a acheté un appartement dans la Résidence et l'a mis à la disposition de son ancienne domestique, qui y coule une retraite calme et heureuse. Parfois elle vient la voir et toutes deux papotent comme deux vieilles amies.

Peu après la liquidation de ses biens, Francine a renoué avec Aimé et il est rentré en France. Elle lui a donné sa part d'héritage, ce qui lui a permis d'acheter un théâtre parisien où, à défaut de son propre talent, il met en lumière celui des autres. C'est sur cette scène qu'Hélène a fait ses premiers pas, débutant une carrière promise à un bel avenir. Jacques, lui, est parti en Afrique où il a ouvert un dispensaire pour les enfants atteints du sida.

Enfin libre et riche, sachant ses enfants pleinement heureux, Francine a décidé de profiter de la vie.

Grâce à son frère, elle a fréquenté les sphères intellectuelles et les milieux branchés. Elle a passé ainsi d'agréables moments en compagnie de nombreux écrivains et comédiens, peut-être même dans leur lit. Mais, consciente que tout cela ne pouvait durer qu'un temps, elle a séduit un homme sans caractère, encore plus riche qu'elle. Elle l'a épousé et, depuis, c'est elle qui le mène par le bout du nez.

*Hortier
le 13 mai.*

Jeanne,

Je ne sais pas ce qui tu as dit ou fait à papa, mais il était dans un tel état d'énervement hier, lorsque je suis allé le voir, que cela m'a effrayée.

Bien sûr, tu le connais, il n'a pas voulu me dire de quoi il s'agissait, et m'a envoyée carrément promener, quand je lui ai proposé d'appeler le médecin. Il s'est contenté de grogner.

S'il te plaît, évite de le mettre tellement en colère. Mathilde a été très choquée également par son attitude. Comme c'est la troisième infirmière qu'il a depuis son malaise cardiaque, et qu'il semble la supporter, il ne manquerait plus qu'il décourage celle-là aussi !

J'espère que vous allez enfin trouver un terrain d'entente et faire la paix, mais s'il te plait, laisse-le tranquille quelque temps. Il a besoin de repos, d'autant qu'il n'est pas content de la façon dont Jacques s'occupe de l'affaire. A part lui, personne ne sait gérer cette entreprise, selon ses dires.

Bon, j'espère que tu suivras mes conseils, car l'ambiance ici est explosive...

Je t'embrasse,

Ta sœur,

Jocelyne

*Hortier,
le 13 mai*

Jeanne,

Peux-tu me dire ce que tu cherches ? Je n'arrive pas à te comprendre !

Tu es revenue de ton no man's land après plus de vingt ans, pour t'installer chez notre père, car soi-disant tu n'avais plus que ta famille pour t'accueillir. Pourtant, ta famille, tu n'avais pas hésité à lui tourner le dos et à une époque, ça ne te dérangeait pas plus que ça. Alors, s'il te plaît, maintenant arrête !

Quand je t'ai revue, j'étais content de te retrouver, mais, si c'est pour te venger de je ne sais quoi, tu pouvais tout aussi bien rester dans ton trou. Au moins, on ne parlait pas de toi, papa l'avait interdit, et on était tranquilles.

Et en quelques semaines, tu as réussi à tout chambouler. Tu sais bien qu'en temps ordinaire, notre père est loin d'avoir un caractère facile. Mais depuis ton retour, il est devenu infernal !

Certes, tu n'es pas la seule responsable, son infarctus y est pour beaucoup, et il ne supporte pas que quelqu'un d'autre s'occupe de la société. A l'entendre, il n'y a que lui pour la diriger correctement, et moi, je n'avais déjà pas toute sa confiance avant, maintenant, c'est tout juste si je ne la mène pas à la ruine ! Pourtant, je me défonce dans cette maudite boîte, crois-moi ! Mais rien ni personne ne trouve grâce à ses yeux et si ça continue, je vais craquer, ou alors, il me mettra carrément à la porte et là, je serai vraiment dans la mouise, vu tous les emprunts que j'ai faits pour avoir un toit à la hauteur de ses ambitions.

Je sais que ta vie n'est pas simple, que tu dois certainement être triste du décès de ton compagnon et d'avoir dû quitter l'endroit où tu as vécu avec lui. Mais je t'en prie, ne nous le fais pas payer, à Jocelyne ni à moi et ma famille. On en bave assez…

J'espère que tu vas cesser ton petit jeu et qu'on va retrouver un semblant de paix,

Ton frère,

Jacques

Hortier,

Le 13 mai

Madame Jeanne,

Votre père me charge de vous dire qu'il ne souhaite plus recevoir de lettre de votre part.

Il n'apprécie aucunement les récits que vous lui adressez et qu'il qualifie de grotesques et selon son expression, je le cite, « juste bons pour une concierge enceinte avec son tablier à carreaux » !

Il a été particulièrement choqué par le dernier concernant René Samarian. Vous n'ignorez pas que tous deux se sont régulièrement croisés, puisqu'ils ont fait partie de la même famille politique. Toutes les insinuations portées sur cet estimable personnage ne sont pour lui que diffamation, destinées à salir un homme illustre. Il n'est pas loin de penser qu'à travers de tels propos, étant donné leur passé commun, vous êtes animée de mauvaises intentions et que vous aimeriez le voir éclaboussé à son tour. Il tient donc à vous signifier que seul le fait d'être sa fille le retient encore de porter cela sur la place publique avec toutes les conséquences que cela impliquerait pour vous et votre pseudo-informatrice.

Il vous soupçonne également de ne pas lui écrire pour le distraire, mais afin de le rendre davantage malade qu'il ne l'est, ce qui pourrait provoquer une nouvelle attaque. Veuillez donc cesser cette correspondance.

Sincères salutations,

Mathilde Courré, Infirmière.

Résidence des Glycines
Venville
le 15 mai

Chers Jocelyne et Jacques,

Eh bien, vous vous êtes donné le mot tous les deux ! Que dis-je, tous les trois, puisque même madame Mathilde y est allée de sa plume ! Si je comprends bien, le fait d'être revenue et de chercher à me réconcilier avec notre père dérange tout le monde, à commencer par lui !

Mais je ne vais pas me laisser intimider par vos paroles car il y a des choses que vous ignorez et il serait bon qu'elles voient enfin le jour…

Sachez que je ne cherche à nuire à personne, je voulais juste le distraire avec quelques anecdotes afin de renouer un dialogue, interrompu il y a plus de vingt ans. Visiblement, cela a été mal compris, à moins que vous n'ayez peur que je reprenne la place que j'occupais enfant, lorsqu'il prétendait en soupirant que « j'étais la seule digne de porter son nom, hélas… »

Je n'ai jamais compris le sens de ce dernier mot. Peut-être était-ce dû à ma condition de fille mais, toujours est-il que ce « hélas » agrémenté d'un soupir éloquent a toujours résonné comme une sorte de reproche à mes oreilles. Aussi, soyez rassurés, je ne compte pas grand-chose à ses yeux, sans doute même moins que vous, vu son comportement à mon égard durant les vingt années écoulées et depuis mon retour. Oserais-je dire « hélas » ?

Je ne suis donc pas là dans l'espoir de toucher ma part d'héritage et je souhaite à notre père de se rétablir rapidement et de vivre très longtemps. J'espère être suffisamment claire sur ce point.

Donc mon cher frère, ma chère sœur, il va falloir me supporter encore, d'autant que je n'ai pas l'intention de retourner « dans mon trou » comme l'a si aimablement souligné Jacques…

J'espère malgré tout vous revoir bientôt dans l'harmonie d'une famille réconciliée,

Votre sœur,

Jeanne

Résidence des Glycines
Venville,
Le 17 mai

Cher Papa,

Je te remercie de m'avoir enfin donné quelques nouvelles, à travers la plume de ton infirmière dévouée, même si ce n'est pas ce que j'attendais.

Je suis contente de constater que tu n'as pas perdu ton mordant, ce qui me conduit à penser que tu n'es sans doute pas aussi mal portant que tu le dis. Tu aurais donc pu faire tes commissions toi-même au lieu d'impliquer cette pauvre Mathilde ! Et je ne parle pas des courriers incendiaires reçus de Jocelyne et Jacques. Ah ! Tu leur en fais voir de toutes les couleurs, paraît-il, toi le si grand malade !

Alors, puisqu'il est question de maladie, je vais t'adresser une histoire, même si tu me l'as interdit. Il y a dans ma résidence quelqu'un dont le fils est très mal en point et qui n'a pas ta chance car lui, il ne guérira pas. Je suis allée plusieurs fois chez lui pour soulager sa famille.

Veux-tu savoir ce qu'est réellement la souffrance ? Lis tout ce que j'ai pu détecter dans le regard de Monsieur Michel. Après cela, si tu penses être le plus à plaindre, c'est que tu n'auras réellement aucun cœur. Mais peut-être que cela te fera entrevoir ta propre maladie autrement et que cette fois, si tu réponds, non seulement ce sera de ta main, mais que tu démontreras enfin d'un peu d'attention à mon égard, à défaut d'affection...

Jeanne, ta fille qui t'aime quoi que tu en penses...

LA GARCE [1]

Je m'appelle Michel, j'ai cinquante-deux ans et je vais mourir.

Non, je ne dramatise pas et ne cherche pas non plus à vous apitoyer. C'est un fait.

Tout a commencé il y a quelques mois. Je ne me sentais pas bien, j'avais des vertiges, des difficultés à m'exprimer. Mon médecin a tout d'abord pensé à un début de dépression. Comme j'aime la montagne et que nous possédons, ma femme et moi, un appartement dans les Alpes, je suis parti là-bas quelques jours pour me ressourcer. Et c'est un fait, je suis revenu plus vaillant, je croyais être tiré d'affaire.

Peu après mon retour, un matin, j'ai eu du mal à me lever et lorsque je suis descendu prendre mon petit déjeuner, en entrant dans la cuisine, j'ai été pris de tels vertiges qu'on m'a hospitalisé. Là, au vu des symptômes que je décrivais, on m'a parlé de maladie de Lyme.

---

[1] *En souvenir de Marc, que j'ai peu connu mais dont le sourire, malgré la maladie, m'a donné la plus grande leçon de courage qui pouvait m'être donnée…* (Note de la narratrice).

Certes, ça n'était pas réjouissant, ça augurait pas mal de désagréments, mais au moins, mes malaises avaient un nom et on me proposait des traitements. J'ai repris mon travail quelque temps, mais comme j'avais de plus en plus de difficultés, j'ai bénéficié d'un arrêt maladie et commencé par trois semaines d'antibiotiques en intraveineuse. J'étais plein d'espoir, avec ce traitement de choc, j'allais m'en sortir.

Malheureusement, malgré cela, j'étais de plus en plus fatigué, j'avais mal partout et les difficultés à articuler les mots que je prononçais s'accentuaient. Le médecin m'a orienté vers un neurologue. Son diagnostic a été catégorique : oui, je pouvais souffrir d'une morsure de tique, une de ces charmantes bêbêtes qui hantent les bois et les forêts, mais pour lui c'était plutôt une SLA, Sclérose Latérale Amyotrophique, plus connue sous le nom de Maladie de Charcot !

Pendant des semaines, j'ai voulu me persuader que le spécialiste se trompait. J'ai tenté une seconde série d'antibiotiques, mais sans aucune amélioration. Bien au contraire, mon état se détériorait chaque jour davantage.

J'ai recherché de l'aide auprès d'une orthophoniste, il n'était pas question de perdre l'usage de la parole.

Consciencieusement, je me suis astreint à des heures d'entrainement journalier de vocalises : « ON, EN, U, IN» et que sais-je encore, ont résonné durant des semaines dans toute la maison. En vain. J'ai également suivi les conseils d'un thérapeute et exercé mes doigts en barbouillant des dizaines de feuilles de papier à dessin, sans succès.

Peu à peu, mes forces m'abandonnaient, mais je ne me rendais pas. J'ai continué à gravir à quatre pattes et descendre sur les fesses l'escalier qui me menait à l'étage et à ma chambre. J'ai parcouru des kilomètres entre ma cuisine et mon salon pour aguerrir mes jambes. Rien n'y a fait. Pire encore, après une deuxième chute, ma femme a fait installer un lit au rez-de-chaussée. Lorsque je suis tombé pour la troisième fois, cet accident nécessitant un transfert aux urgences et des points de suture, je n'ai plus revendiqué ma place dans le lit conjugal. Par contre, j'ai supplié le médecin de me transférer quelques jours dans un centre de réadaptation. Malgré sa réticence, il a fini par céder. J'espérais encore, sans trop y croire, que je pouvais récupérer ma mobilité.

J'ai passé un mois et demi dans cet endroit où j'ai dû me rendre à la raison, je ne guérirais pas et mon état ne ferait qu'empirer. On m'a même conseillé de regarder un reportage pour que je comprenne mieux ce qui m'arrivait. Ce fut un choc. Pour moi, mais aussi pour mon entourage, ma femme et mes enfants. L'équipe de médecins, les soignants et la psychothérapeute ont tout tenté pour me rassurer, mais j'ai bien compris que j'avançais à grands pas vers ma fin, quelle serait atroce, car la Garce comme je l'appelle, vaincrait.

Pendant ce séjour, ma femme a consulté un architecte et engagé une équipe de maçons pour restructurer l'espace qui m'accueillerait à mon retour dans la maison. Maintenant que je connaissais mon sort, j'avais hâte de retrouver ma demeure, je voulais passer un dernier été chez moi et entouré des miens.

Actuellement, j'ai une batterie de personnes qui s'occupent de moi chaque jour. Je n'ai jamais été aussi entouré et malgré cela, je ne me suis jamais senti aussi seul.

Je suis devenu une larve, je ne m'alimente plus, je suis nourri par sonde. Pour me vêtir, me laver, faire mes besoins, il me faut de l'aide car je ne parviens plus à me lever. Je passe la journée dans mon lit ou sur une chaise roulante qu'on déplace ça et là, muré dans un silence quasi permanent. Il m'arrive encore d'émettre un son, une sorte de plainte, lorsque je souffre trop ou que j'ai besoin de quelque chose. Grâce à ma tablette, je peux encore m'exprimer, mais combien de temps encore mes doigts ankylosés pourront-ils taper sur le clavier ? Si au moins j'avais perdu la raison ! Car, même si je me sens plus répugnant qu'un insecte kafkaïen, je vois tout, je comprends tout ce qui se passe.

Autour de moi, on s'affaire, on essaie de me montrer de l'intérêt, mais je sens bien à quel point je suis devenu une charge. En dehors de ma famille et des soignants, peu de personnes me rendent visite. La maladie fait peur, surtout la mienne qui me laisse totalement diminué. Les rares amis qui franchissent encore ma porte essaient de meubler le temps, d'établir une sorte de contact, mais je vois bien à leur regard qu'ils sont désemparés. Et avant même qu'ils ne me quittent, je sais déjà qu'en sortant ils vont me plaindre, s'apitoyer sur mon sort et se féliciter d'être eux-mêmes en bonne santé. Et quand je serai mort, ils penseront certainement que je serai en paix, que je ne souffrirai plus et ils seront soulagés. Comme s'ils en savaient quelque chose, eux qui sont bien portants !

Il y a un an à peine, j'étais un jeune quinqua en pleine possession de mes moyens et à qui tout souriait. Je ne connaissais pas le bonheur d'avoir une femme belle et brillante, des enfants adorables, un métier intéressant, une belle voiture et des projets plein la tête. Je faisais l'amour, je riais, je tondais ma pelouse, roulais à vélo, marchais dans la montagne, appréciais la bonne chère et le bon vin, j'étais vivant.

Aujourd'hui, je suis un fantôme, un être en sursis, qui sous un sourire contrit cache un profond désespoir. Mes nuits sont peuplées de cauchemars. Quant' à mes journées, elles sont rythmées par le va-et-vient des soignants, les premiers arrivent dès sept heures. Bien sûr, j'ai la télé et je m'intéresse encore un peu à l'histoire, ma grande passion d'autrefois, quand la Garce n'avait pas pris possession de mon corps. J'ai bien conscience qu'il s'agit là d'une façon de m'accrocher à ma vie antérieure. Car à quoi cela me sert-il encore de savoir qui fut réellement César et comment s'est déroulée la Bataille d'Angleterre, sinon à oublier la triste réalité ?

Je sais que cette situation est très difficile pour mon entourage et le fait que je n'aie plus l'usage de la parole est peut-être une bénédiction pour eux. Parce que, même si j'ai bien compris que mes jours étaient comptés, je ne me résigne pas. Je suis même partagé entre l'incompréhension, la peur, la révolte et la colère. Quand je ne suis pas assommé par les médicaments, je me pose des milliards de pourquoi.

Oui, pourquoi cette malédiction a-t-elle fondu sur moi ? J'ai toujours été, il me semble, un bon fils, un mari aimant et un père attentionné pour mes enfants. Mon travail, je l'ai fait avec sérieux et j'ai été un compagnon fidèle pour mes amis. Alors, pourquoi moi ? Qu'ai-je donc fait pour mériter ce sort et cette fin ?

Quand je regarde ma femme, mes yeux se remplissent de larmes. Nous ne vieillirons jamais ensemble. Dans quelques mois, lorsque la Garce aura gagné, je la laisserai seule. Je sais qu'elle est forte, mais cela me peine de savoir que je ne verrai jamais ses cheveux blanchir. Plus jamais nous ne dormirons dans le même lit, plus jamais je ne sentirai sa peau contre la mienne et son corps frémir sous mes mains. Nous n'irons plus jamais en vacances, je ne partagerai plus ses projets, je ne serai pas là pour la réchauffer quand elle aura froid, ni la rassurer quand elle aura peur. Peut-être même qu'un jour, un autre que moi partagera ce que nous aurions dû partager tous deux. Et même si ça me fait mal d'y penser, je ne peux que le lui souhaiter car elle est encore si jeune et si belle...

Quant' à mes enfants, je n'aurai jamais la joie de les voir devenir réellement adultes. Je ne saurai jamais s'ils ont réussi leurs études et trouvé un travail gratifiant. Je n'assisterai ni à leur remise de diplôme, ni à leur mariage. Je ne connaitrai jamais mes petits-enfants. Je ne serai pas là pour les soutenir dans les épreuves et les encourager. Ils connaîtront sans moi les joies et les tourments de l'existence. Je suis très triste de leur imposer un premier chagrin, l'absence imminente de leur père pour tous ces moments à venir. Parfois, j'ai honte de ce qui m'arrive, je me sens coupable d'infliger à ceux que j'aime le plus, tout ce tracas, ces soucis, cette peine actuelle et celle encore plus lourde qui suivra.

A d'autres moments, la rage me prend mais je n'ai même plus la force de crier ma colère. Alors, je laisse d'autres le faire à ma place. J'écoute à fond les musiques de ma jeunesse et laisse Nina Hagen ou Mike Jagger éructer à ma place. Quand je les entends, cela ravive mon ressentiment. Moi, j'ai vécu une existence normale, alors qu'eux ont brûlé la chandelle par les deux bouts, abusant de drogues et d'alcool et sont toujours aussi vaillants. Bien sûr, je ne souhaite à personne, pas plus à eux qu'à quelqu'un d'autre de connaître le même sort que moi. Mais quand même, je trouve cela tellement injuste ! C'est comme mon entourage. Je vois bien qu'ils ne savent pas trop comment faire. Tantôt on s'adresse à moi comme si j'étais toujours le même alors que je ne suis que l'ombre de moi-même, tantôt on me parle comme à un débile et Dieu que cela peut m'énerver parfois ! Ce n'est bien sûr pas contre eux que je m'emporte intérieurement, mais contre moi, contre cet être chétif et inutile que je suis devenu. Les gestes les plus élémentaires ne sont plus à ma portée, je suis dépendant de tous pour tout, c'est tellement frustrant et humiliant ! Alors, j'essaie de leur sourire pour cacher mon ressentiment.

Pourtant, j'ai encore des moments de grâce, où je m'accroche à la vie. Un lever de soleil sur la campagne alentours, l'évocation de souvenirs joyeux avec ma femme ou mes enfants, quelques mots échangés avec les soignants ou même ma femme de ménage qui essaie toujours de plaisanter avec moi, et j'oublie un instant la cruauté de l'existence. Il m'arrive même de me sentir soulagé d'être encore là au réveil et de me dire que j'ai gagné un jour sur cette salope de Garce qui me ronge heure après heure. Hélas, cela ne dure pas longtemps car la réalité me rattrape avec l'entrée en scène de tous les soignants et leur ballet autour de moi. Alors, j'essaie de faire bonne figure, mais je retombe dans ma mélancolie silencieuse.

Tous ces sentiments se mélangent en moi et j'ai l'impression de nager en plein cauchemar. J'aimerais m'éveiller un matin en pleine possession de mes moyens et que tout cela ne soit qu'un mauvais rêve. Hélas, je me retrouve toujours inerte et impuissant dans mon lit. Je souhaite alors que tout cela finisse le plus vite possible, pour ne pas souffrir ni trop faire souffrir les miens. Je sais que je risque de mourir asphyxié, car j'ai de plus en plus de mal à respirer. Lorsque je n'y parviendrai plus de moi-même, on me proposera une trachéotomie, et cela me terrifie car je ne pourrai plus rester chez moi. On me mettra dans un hôpital, un mouroir où je terminerai mes jours. J'en ai parlé avec ma femme et mes enfants, quand j'ai accepté la réalité de ma maladie. A ce moment-là, j'étais encore capable de m'exprimer et je leur ai bien expliqué que je ne souhaitais pas d'acharnement thérapeutique. Mais auront-ils le courage de mettre un terme à tout ceci ? Et moi, saurais-je dire stop ?

Je prie de tout mon être et demande à Dieu, Allah, Vishnou, quel que soit son nom, d'avoir pitié et de m'accorder de partir d'une crise cardiaque ou dans mon sommeil pour trouver enfin la paix dans un autre monde. Mais est-ce vraiment le sort qui m'attend au-delà du miroir ? Vais-je réellement voir la grande lumière blanche ? Cet Etre qui m'a tant intrigué sera-t-Il là pour m'accueillir ou ne sombrerais-je que dans un néant absolu ? Ces questions aussi me tiraillent, tout en ravivant mes peurs.

Chaque jour me rapproche de cette fin que j'appelle tout en la redoutant. J'essaie de ne pas le montrer aux miens, mais je sais qu'eux aussi y pensent. Quand je regarde ma vie, je me dis qu'elle a été belle et que j'aurais aimé qu'elle dure encore longtemps.

Je ne regrette aucun de mes actes ni aucune de mes pensées. Mon plus grand chagrin en partant sera de ne pas pouvoir dire une dernière fois, à ceux qui ont peuplé mon cœur et mon existence, ces mots qui me brûlent les lèvres : « Je vous aime... ».

*Hortier
le 20 mai*

Madame Jeanne,

Je vous avais demandé de ne plus envoyer du courrier à votre père, mais vous continuez.

Votre dernière lettre l'a tellement mis en colère que j'ai eu peur et que j'ai appelé le médecin. S'il s'emporte encore, il risque de faire une nouvelle attaque. Alors s'il vous plaît, arrêtez. De toute façon, il a dit qu'il ne lira plus rien de vous.

Sincères salutations,

Mathilde Courré, Infirmière.

Résidence des Glycines
Venville
le 22 mai

Mademoiselle Mathilde,

Je vous remercie pour votre lettre. Mais mon père est assez bien portant pour se mettre en colère, il me semble qu'il a donc suffisamment d'énergie pour m'écrire lui-même.

Je vous demande de bien vouloir lui donner la lettre que je joins à celle-ci, c'est la dernière, je vous le promets. Mais il faut absolument qu'il la reçoive et surtout qu'il la lise, car elle contient des informations de très grande importance. Après cela, je ne lui écrirai plus, ce sera à lui de prendre la décision qu'il jugera la meilleure pour lui et sa famille.

Contrairement à tout ce qu'il a pu vous dire et à ce qu'il pense, je ne suis pas la mauvaise fille qu'il a dû vous décrire. Bien au contraire, et malgré sa froideur à mon égard, je continue à avoir de l'affection pour lui et à m'inquiéter. Je vous demande donc de bien vouloir vous assurer qu'il prendra connaissance de mon courrier.

Je compte sur vous et vous remercie,

Sincères salutations,

Jeanne DUTOUR

Résidence des Glycines
Venville
Le 22 mai

Cher Papa,

Bien que tu m'aies interdit de t'écrire, je t'adresse cette dernière lettre. J'espère que tu voudras bien la lire, car elle contient des informations qu'il faut que tu connaisses.

Si je t'ai envoyé toutes ces histoires, au fil de mes lettres, ce n'est pas pour t'embêter ou te faire du mal, bien au contraire. J'espérais qu'elles te distrairaient et te feraient prendre conscience que non seulement j'ai beaucoup d'affection pour toi, mais aussi que tu n'es pas le seul à avoir des problèmes, que d'autres que toi souffrent et parfois de façon irrémédiable. Je voulais que tu comprennes que, dans ton malheur, tu as la chance de t'en être sorti à bon compte car tu as les moyens de te soigner et une famille qui se préoccupe de toi. Il semble que je n'aie pas vraiment atteint mon but. Pourtant, j'aimerais que tu me croies et surtout que tu lises ce qui suit.

J'aurais aimé également que tu deviennes un père, tel que j'aurais voulu le trouver lors de mon retour à la maison. Que tu comprennes ma souffrance et que tu sois l'épaule sur laquelle je pourrais verser mes larmes. Malheureusement, je n'y suis pas parvenue, je n'ai reçu que des sarcasmes, de la méchanceté et du mépris. Tu m'as même menacée de représailles si je persistais dans mes envois de courrier. Tu ne vas pas être content, car j'ai décidé de passer outre tes menaces, et de t'adresser cette dernière missive, comme une bouteille qu'on lance à la mer après un naufrage. J'espère de tout cœur que mes mots sauront briser cette armure d'indifférence que tu t'es forgé.

La plupart des récits que tu as reçus, je les tiens de Madame Declerc, une résidente de l'immeuble. C'est une dame charmante, une de ces petites vieilles aux cheveux blancs comme on en rencontre dans les contes pour enfant et qui ont le don de vous émouvoir. J'ai tout de suite éprouvé une grande affection pour elle, elle représente la grand-mère que j'aurais aimé avoir.

Madame Declerc n'est pas une résidente comme les autres, c'est aussi l'ancienne gardienne de cet immeuble. J'entends déjà tes cris : c'est une concierge, comment ma fille peut-elle frayer avec cette engeance-là ? Pourtant, je t'assure, elle n'est pas du tout comme ces personnes dont tu as une sainte horreur, même si elle a sans doute porté des tabliers à carreaux dans son travail. Certes, elle n'a pas fait d'études, mais c'est une dame respectable, aimable et pleine de bon sens. Il faut dire que la vie ne l'a pas épargnée. Veuve à trente-deux ans avec quatre enfants à charge, elle attendait le dernier au décès de son mari, elle a dû faire de nombreux sacrifices pour élever sa famille. Comme elle n'avait aucun diplôme et que son mari la laissait sans argent, elle a trouvé ce travail de concierge, qui lui permettait de mettre un toit sur la tête de ses enfants. Oh, bien sûr, elle aurait rêvé mieux, mais elle n'avait pas le choix.

La loge était bien minuscule pour tout ce petit monde et l'arrivée du bébé, une petite fille, n'a sans doute pas arrangé la vie commune. Les garçons dormaient dans l'unique chambre et elle, elle s'était aménagé un coin-lit dans la cuisine, qu'elle a partagé avec sa fille durant des années. Rien n'était simple. En grandissant, la place manquait de plus en plus dans le logement exigu, les enfants se plaignaient parfois, surtout l'aîné qui n'appréciait guère cette situation, et l'argent manquait souvent.

Malgré cette vie difficile, elle a veillé à ce qu'ils soient polis et bien éduqués. Elle voulait qu'ils aient un bel avenir et surveillait de près leurs résultats scolaires. Et l'on peut dire qu'elle a réussi puisqu'ils ont tous fait de brillantes études et obtenu chacun un bon travail.

On pourrait croire qu'après tous ces sacrifices, ils lui soient tous reconnaissants. Et bien non ! Figure-toi qu'une fois son diplôme d'ingénieur d'une des écoles les plus prestigieuses en poche, et fort d'un contrat d'embauche attrayant, son fils aîné a quitté la loge et sa famille et n'est jamais reparu. Il en avait assez des tabliers à carreaux, paraît-il. La pauvre femme en éprouve encore aujourd'hui un profond chagrin. Mais elle l'a gardé pour elle, fière malgré tout qu'il ait fait carrière et soit actuellement à la tête d'une grande entreprise. Elle lit parfois son nom dans le journal et découpe les articles qu'elle conserve précieusement dans un cahier. Quant' à son tablier, elle l'a rendu il y a plusieurs années, lorsqu'elle a rencontré son second époux qui avait acheté un appartement dans la résidence et est tombé sous le charme de cette femme courageuse. C'est là qu'ils vivent heureux depuis plus de vingt ans maintenant.

En parlant longuement avec Madeleine, c'est le prénom de cette dame, j'ai appris une chose extraordinaire.

Comme elle s'est remariée après son veuvage, elle ne s'est donc pas toujours appelée Declerc. Tu ne le croiras peut-être pas, mais son premier époux s'appelait Dutour, Joseph Dutour, comme ton père, comme toi ! Incroyable non ?

Je suis donc ravie de t'annoncer, mon cher Papa, que ta mère, puisque c'est d'elle qu'il s'agit, n'est pas morte comme tu t'es ingénié à nous le faire croire à maman, à mon frère, ma sœur et moi durant toutes ces années. D'ailleurs, j'ai informé ces derniers de cette bonne nouvelle et aussi du fait que, non seulement tu n'es pas orphelin, mais que tu as eu également deux frères et une sœur. Tu seras, j'espère, peiné d'apprendre que ton frère Charles est décédé il y a trois ans, d'un cancer foudroyant. Par contre, nous avons encore un oncle et une tante, ainsi qu'une bonne série de cousins et de petits-cousins que tu nous as bien cachés.

Inutile de te dire ma joie en apprenant que non seulement j'avais une famille, mais qu'elle était impatiente de me rencontrer. C'est chose faite depuis quelques semaines et leur accueil a été si chaleureux que je sens mes yeux s'embuer rien qu'en y pensant.

Après ces révélations, il me reste encore deux choses à te dire. Tout d'abord, je dois te parler de mon travail.

Je suppose qu'en lisant mon adresse sur les courriers que je t'ai envoyé, celle où tu as passé ton enfance, tu as compris que j'occupais le même poste que ta mère autrefois. Il y a là une réelle ironie du sort, ne trouves-tu pas ? C'est sans doute la raison de ton silence, mais la vie nous joue souvent des tours et voilà que ce passé que tu as mis tant d'acharnement à occulter ressurgit, sans que tu puisses y remédier ! Alors, oui, je t'en donne confirmation, je suis à mon tour concierge, bignole si tu préfères, et il m'arrive à moi-aussi de mettre un tablier, pas toujours à carreaux, lorsque je dois accomplir quelques tâches salissantes. Je n'en éprouve aucune honte car, vois-tu, la seule honte c'est de renier ses origines. Bien au contraire, tu devrais non seulement en être fier, mais aussi remercier celle dont les sacrifices t'ont permis de t'élever.

Ce travail que tu sembles tant mépriser, m'a donné l'occasion de retrouver non seulement ma famille, mais aussi une forme de dignité, en m'offrant un salaire et un toit, ce que tu m'avais dénié. Je vais pourtant le quitter dans quelque temps, non pas pour t'épargner ce déshonneur, c'est mon dernier souci, mais parce que, seconde révélation, je vais bientôt me marier et quitter la Résidence. Oui, tu as bien lu, à presque quarante ans, je vais enfin me ranger, je vais enfin devenir cette femme respectable que tu as toujours souhaité que je devienne. Je t'avais dit que j'avais renoué avec François, le fils de ton ancien contremaître. Nous nous sommes revus plusieurs fois et sommes tombés amoureux.

La noce aura lieu dans trois semaines environ et je compte bien réunir à ce moment toute la famille. Jacques et Jocelyne m'ont promis de venir et ce sera pour eux l'opportunité de découvrir leur grand-mère et toutes ces personnes attachantes dont tu nous as privés si longtemps. J'aimerais que tu sois là et que tu renoues enfin avec eux. Mais auras-tu le courage d'affronter leur regard ? Eux en tout cas semblent prêts à te pardonner ces années de silence.

J'espère donc te revoir à cette occasion et te trouver en pleine forme devant la Mairie de Venville le 14 juin prochain, ce serait mon plus beau cadeau. Je compte sur Mademoiselle Mathilde pour t'accompagner.

En attendant, je t'embrasse,

Jeanne

*Hortier
le 25 mai*

*Maître Georges LEFIN
Avocat
2 Impasse des Fougères
14... HORTIER*

*Madame Jeanne DUTOUR
Résidence des Glycines
10 rue des Goélands
14... VENVILLE*

Madame,

Par la présente et sur requête de Monsieur Joseph DUTOUR, domicilié 23 Chemin des Sables, 14... HORTIER, je vous informe que ce dernier souhaite ne plus être incommodé par vos courriers. Il ne tient nullement à continuer à subir, je le cite, « les ragots issus de la loge d'une concierge en tablier ».

Dans le cas où vous vous obstineriez à lui écrire, une plainte pour harcèlement sera déposée à votre encontre auprès du Tribunal de Caen, et nous n'hésiterons pas à engager les poursuites qui s'imposent.

Espérant de pas avoir à recourir à cette procédure, veuillez agréer, Madame, mes salutations dévouées,

Georges LEFIN
Avocat

Résidence des Glycines
Venville
le 27 juin

Cher Papa,

J'ai bien reçu le courrier de ton avocat, rassure-toi, il a fait son travail. Promis juré, cette-fois, c'est bien la dernière !!

Tant pis pour les conséquences, je veux que tu saches que ton absence à mon mariage m'a beaucoup peinée, bien plus que les menaces de ton scribe. Mais je suis heureuse malgré tout car c'était une belle fête, même si Jacques aussi m'a fait faux bond. Je sais qu'il a des dettes et ne veut certainement pas risquer que tu le licencies ou pire encore, que tu le rayes de ton testament. Tu peux lui dire que je lui laisse volontiers ma part.

Comme ceci est mon ultime missive et que malheureusement nous n'aurons sans doute plus l'heur de nous revoir, pour reprendre le langage châtié qui te plaît tant, je te souhaite de tout mon cœur de bien te porter et de ne pas finir ta vie seul et aigri car, vois-tu, j'ai toujours de l'affection pour toi.

Jeanne (ta fille, que tu le veuilles ou non...)

PS. J'oubliais un détail : puisque j'ai démissionné de mon poste mais que je suis gardienne de la Résidence jusqu'à la fin de mon préavis, je vais donc continuer à porter mon tablier à carreaux encore quelques jours.

Et comme un bonheur n'arrive jamais seul, je suis heureuse de t'apprendre que vas être grand-père à nouveau. Et oui...

... LA CONCIERGE EST ENCEINTE !

Après ce dernier courrier, je n'ai plus rien tenté, d'autant qu'une seconde lettre de semonce m'a été envoyée par ce bon Maître Lefin. Ce n'est pourtant pas cette missive qui m'a dissuadé de rechercher le contact avec mon père. François, en bon avocat, aurait pu m'y aider. C'est le sentiment que rien ne pourrait venir à bout de sa dureté qui m'a convaincue de ne plus rien tenter. Néanmoins, j'avais de temps en temps de ses nouvelles par mon frère ou ma sœur. D'après eux, il était toujours continuellement insatisfait et constamment en colère contre tout et tout le monde.

Malgré la présence patiente de son infirmière, son état ne s'améliorait guère, ce qui amplifiait encore davantage son aigreur. Il rejetait toutes les mesures de Jacques pour moderniser les procédés de fabrication et l'achat de matériel plus performant. La concurrence était rude, mais il avait des idées bien arrêtées et entendait être toujours « le maître » chez lui comme à l'usine. Il hurlait à chaque proposition de changement, ce qui faisait craindre une nouvelle attaque cardiaque. De nombreux ouvriers avaient démissionné, l'ambiance au travail était de plus en plus dégradée et Jacques se désespérait devant cet immobilisme paternel qui menait l'affaire vers la faillite. Finalement, il avait décidé de convoquer un Conseil d'administration exceptionnel et ayant obtenu la majorité des votes, avait été nommé Directeur Général intérimaire avec pleins pouvoirs, tant que durerait la convalescence de notre père. Il avait pris soin de ne pas le divulguer et, depuis, les choses s'arrangeaient. Le carnet de commandes se remplissait, le personnel avait été augmenté, les conditions de travail étaient plus souples et on pouvait à nouveau croire en l'avenir de la Société. Devant cette embellie, notre père était persuadé que seules ses directives suivies à la lettre étaient à l'origine de ce revirement de situation. Bien évidemment, personne n'avait pris soin de l'en dissuader….

Jocelyne et sa famille se portaient bien. Ma sœur avait compris depuis longtemps qu'il ne fallait jamais s'opposer à son père, elle faisait le moins de bruit possible et s'en tirait plutôt bien. Pas de vagues, pas de reproches malveillants. Ses enfants avaient tourné leur affection vers leurs grands-parents paternels qui le leur rendaient au centuple et ils ne venaient plus qu'occasionnellement voir « Bon-papa » Joseph, comme ils le surnommaient ainsi ironiquement. Ils repartaient aussi rapidement qu'ils étaient venus, de sorte que leur intrusion dans le Domaine Dutour pouvait presque passer inaperçue.

De mon côté, j'avais définitivement abandonné mon tablier. François et moi avions emménagé dans une jolie maison un peu à l'écart du village. Il y a un jardin où je m'occupe des roses et d'autres fleurs, avec délectation. J'aime regarder toutes ces belles couleurs égayer ma vie. Je voyais régulièrement ma grand-mère et mes liens avec mes oncles, tantes, cousins et petits-cousins se renforçaient pour ma plus grande joie. Ma grossesse se passait bien. Certes, j'aurais aimé partager ce bonheur avec toute ma famille, et même si cela me faisait encore mal, je m'efforçais de ne pas y penser. Pourtant, je gardais l'espoir qu'une fois mon enfant né, cela arrangerait les choses.

François faisait de son mieux pour atténuer ma peine, il était aux petits soins pour moi, il m'entourait de sa douceur et de son amour, tout en m'exhortant à ne pas trop croire à une réconciliation. Malheureusement, ses prédictions se sont avérées exactes, mon père est décédé quelques semaines avant la naissance d'Adèle notre fille, notre magnifique trésor. Cette naissance a largement contribué à atténuer mon chagrin.

Joseph est parti sans un mot de tendresse pour les siens. Mathilde l'infirmière m'a raconté sa dernière journée, passée dans la fureur car suite à une grève des postes, il n'avait pas reçu son journal. Durant des heures, il a injurié le facteur qui n'avait pas fait son travail, puis pesté contre son déjeuner qui ne lui convenait pas. La promenade de l'après-midi n'avait guère atténué sa mauvaise humeur et il s'est couché en maudissant tout ce qui l'entourait, Jocelyne comprise, puisqu'elle était passée le voir en fin de journée. La mort l'a surpris la nuit, comme une voleuse, et Mathilde l'a trouvé raide dans son lit, le lendemain matin. Il a donc passé son dernier jour comme la plupart de ceux qu'il avait vécus, dans la colère et l'aigreur, rejetant tout ce qui aurait pu lui apporter de la joie.

Pourtant, ironie du sort, c'est sa mort et son enterrement qui ont finalement réuni toute la famille. Lui qui avait tout fait pour éloigner les siens voyait son cercueil bien entouré. En regardant tous ces gens qui s'étaient déplacés pour le conduire comme on dit, à sa dernière demeure, je ne pouvais m'empêcher de me demander ce qu'il en pensait, si jamais il nous voyait. Nous ses enfants ainsi que sa famille rejetée, ses camarades du parti, le personnel de son usine, des voisins curieux de voir tout ce beau monde, et un journaliste de la presse locale, nous étions tous rassemblés autour de sa dépouille. Et comme souvent lors des obsèques, on le paraît de toutes les qualités : fidèle à ses convictions, gestionnaire hors pair dans ses affaires, père et grand-père aimé et respecté…

En écoutant tous ces beaux discours, je ne pouvais m'empêcher d'être triste car tout ceci n'était que mensonges. Joseph n'avait inspiré que de la crainte, il n'avait jamais été tendre, la douceur comme la gentillesse, n'étaient pour lui que de la faiblesse.

Madeleine sa mère avait caressé son cercueil et à travers ses larmes, avait récité une petite prière.

Devant son chagrin, mon cœur s'est serré. J'allais devenir mère à mon tour, j'aimais déjà plus que tout ce petit bout de vie qui grandissait en moi, je pouvais comprendre combien ce « mauvais fils » avait pu la faire souffrir.

J'ai ressenti une grande affection et compassion pour elle. « Oh papa ! », ai-je pensé en laissant couler mes larmes, « si seulement tu avais compris tout l'amour qui se cachait sous son tablier…! »

Note de la narratrice

Aussi loin que remontent mes souvenirs, j'ai toujours vu mes parents porter un tablier dans le cadre de leur travail. Ils n'étaient pas concierges, mais exerçaient une activité manuelle parfois salissante, la fabrication de chapeaux. Feutre, tissus de laine ou paille devenaient grâce à mon père et son frère, son associé, des couvre-chefs une fois passés sur les formes de métal chauffées pour les transformer. C'était une étape difficile, la chaleur des presses exigeait des gestes précis pour figer le modèle qui ensuite passerait dans les mains de modistes de ma mère ou de ma tante qui les rendraient extraordinaires.

Bien que cette histoire ne soit pas la leur, en évoquant les tabliers, c'est un peu à eux et à leur travail que j'ai pensé tout en l'écrivant. Porter un tablier n'est pas une honte, c'est le signe d'un travail parfois pénible mais aussi respectable et souvent gratifiant, dont personne ne devrait avoir à rougir…

Patricia Mug vit en Alsace, près de Colmar, où elle passe sa retraite entre sa famille et ses amis. Elle s'adonne aussi à ses deux activités préférées, la lecture et l'écriture.